西客站

XIKEZHAN

刘春荣◎著

国际文化出版公司
·北京·

图书在版编目（CIP）数据

西客站 / 刘春荣著. -- 北京 : 国际文化出版公司,
2023.5

ISBN 978-7-5125-1481-2

Ⅰ. ①西… Ⅱ. ①刘… Ⅲ. ①散文集－中国－当代
Ⅳ. ①I267

中国国家版本馆 CIP 数据核字(2023)第 002847 号

西客站

作　　者　刘春荣
责任编辑　张　茜
出版发行　国际文化出版公司
经　　销　国文润华文化传媒（北京）有限责任公司
印　　刷　北京建宏印刷有限公司
开　　本　130 毫米×185 毫米　　16开
　　　　　　17.5 印张　　253 千字
版　　次　2023 年 5 月第 1 版
　　　　　　2023 年 5 月第 1 次印刷
书　　号　ISBN 978-7-5125-1481-2
定　　价　69.80 元

国际文化出版公司
北京朝阳区东土城路乙 9 号　　邮编：100013
总编室：（010）64270995　　传真：（010）64270995
销售热线：（010）64271187
传真：（010）64271187-800
E-mail：icpc@95777.sina.net

目　录

第二辑 断舍离

第三辑 在路上

第四辑　在灯下

第五辑　在心里

序：独特的文学脉象

在我的印象中，刘春荣是一个少言寡语的人。那年，太湖边上那个电力鲁院班差不多开班一个月，她几乎没给自己留下只言片语。很难说她是躲在人群里还是角落里，也很难判断，在生活中她的状态是否也如做学员时一样。但我一向不敢忽视和小瞧这类沉默寡言的人，因为这类人往往用行动直接取代语言，做出一些让你意料不到甚至深感惊奇的事情。刘春荣的情况也大致如此，从河南跨越到北京，从电力职工跨越到图书出版公司，从产业工人跨越到作家，每一次跨度的背后，都蕴藏着巨大的爆发力。

当她把这部散文书稿传给我时，又让我大为惊讶，本来她一直是写小说的，何时又写起了散文？细读书稿之后，才发现这本书的时间跨度达十二年之久，她是花了十二年的时间写成了这部散文集。也就是说，十二年集腋成裘，她悄然积攒着自己的文字，凝聚着自己的心血，不与人说，突然在某一个时点，认为机会成熟了，便拿出来做一次集中展示。这相当于长期沉默后的一次集中发言或倾诉，关于生活的经历、认识和感悟，关于对世界的观察、思索和理解。原来，她并不是不说话，也不是不想说，只是不愿意平平白白地说，而是选择了另外一种言说方式，一种更安静、雅致和留有空间的方式，也就是文学的方式。

通篇阅读春荣女士的这本文集《西客站》，包括《在北方》《断舍离》《在路上》《在灯下》《在心里》《在人间》一共六个章节的文字，我的感觉就是这样的：这个不善言辞的人，已经通过她的文字告诉了我，她这些年的生活轨迹和心路历程。她的童年往事、她的青春岁月、她的故乡亲情、她的奋斗历程、她的内在追求与情感以及一切的烦恼、悲伤、困苦、欣喜、快乐和得意尽在其中矣！这是她沉淀了十二年的生命感悟，以文字、文学的方式呈现出来的精神脉象。

应该说作者的文字是成熟的，也是新颖和独特的。她的散文不同于一般的散文作家，因为她有小说功底，虽然文字处处都在说“我”，呈现的是自己对世界、生活的观察和理解，但却多了一些生动的故事和鲜活的细节，常常以委婉的笔触，以画家的画风和技巧描摹出自己思想的脉络和情感的波澜。读来，自然就更加生动活泼、耐人寻味。另外，她的散文也不同于很多小说家的笔触，虽然注重细节但并不沉溺于细节，在语境的营造、语言的推敲和叙事的透彻明晰方面仍保持了足够的自觉，不至于在信马由缰讲故事的快意中，悄然丢失了散文的味道、知性和疆界。读来，字里行间仍渗透出发人深省和令人感动的力量。在纷纷芸芸的书写群落里，这样的散文显然有着自己独特的面孔。

散文集的名字叫《西客站》，这也是集子中一篇散文的名字。通读所有文稿之后，我发现，这篇散文正是作者观察、体悟和反映现实生活的一个窗口。在这里，她经历着自己人生的一次次往返和波折，也看到了形形色色命运各异的人来来去去，有人哭，有人笑，有人喜，有人忧，有人行色匆匆一闪而过，有人却留下了自己或明亮或阴暗的生命印记。当然，这也是打开作者精神世界的一个窗口，在讲述别人的行迹和故事时，也流露出自己行走在这个纷繁世界里的种种感触和况味，展示出一个远离家乡的游子或苦或乐或悲伤或幸福的奋斗历程。西客站这个特殊的场景，既是她人生的必经之地，也是她文学灵感的生发之地；既是北京城的抽象和缩影，也是她人生的某种象征和缩影。

言为心声，落在纸上的文字更是一个人向世界向人群证明自己来过、存在过、感悟过和思想过的一份印证。有些人的文字是刻意制造出来给别人看，有些人的文字是真实地记述和抒发，顺便与懂得的人分享。至于文字应该写成什么样子，说起来也十分复杂，已经不属于在这里讨论的范畴。但我相信作者的文字并没有虚假的修饰，她一向是一个真诚的人、做事认真的人，其文字所呈现出来的情感和情绪，无论色彩和烈度如何，起码是发自她自己真实的内心。或许这也是为文为人的一个可靠评判标准，特别是一个写散文的人，更应该始终如一地保持这样的品质。

很希望春荣女士借助这个良好的开端继续在散文之路上探索、创新，写出更多更有文本和人文价值的优秀作品。权以此粗略的文字代为序。

任林举

2022 年 10 月 22 日于长春

第一辑

在北方

我在这里欢笑　我在这里哭泣

我在这里迷惘　我在这里寻找

西　客　站

再一次走进北京西客站，陪伴我的是我的拉杆箱。

西客站仍旧是人流如织，来来往往的人群仿佛是从四面八方涌来的潮水，汇集到这里。每个人都带着各自的故事，在没有红酒和咖啡的站台等待驶向目的地的列车。

在这里我看到过热烈拥抱的恋人，久别重逢的亲人和席地而坐疲惫至极的民工，也有像我一样到处奔波的写作者。在候车大厅的一处，我看到一位蹲在地上，用纸巾擦拭地板的年轻母亲，她的儿子不小心把饮料洒在地上，她没有说话，默默蹲下来，用随身携带的纸巾认真擦拭着地板上的污渍。那个不小心“闯了祸”的六七岁男孩安静地站在一旁。我想告诉那位母亲，她真的很美。可是我没有说话，用无声的陪伴以示敬意。

擦拭完地板之后，她收拾好用过的纸巾，放进旁边不远处的垃圾桶里。然后，她拉起儿子的手在座椅上坐下来，我也在她对过坐下来休息。

对于孩子来说，家长是最好的老师，有如此修养良好的母亲，这个男孩长大了人品也差不到哪里去。祝福这对母子。

观察了很多年，我发现一个比较有意思的现象，在候车室里，男士们大都中规中矩，衣衫整齐，穿着清凉的或者举止言谈豪迈的倒是那些女孩或者女士，穿着清凉那是个人的衣服品位，没有妨碍别人，倒还可以理解。年轻女孩儿青春活泼，衣服穿得少比较凉快，炎热的夏天让人的眼睛感觉凉爽，这也无可厚非。冬季穿得凉爽就让人很心疼了，有些爱美的女孩穿短裙，整个大长腿裸露在外面，站在那里瑟瑟发抖，让人看到都感觉寒冷。我想说的是，美丽的女孩，请为你的腿保暖，它辛苦为你奔波，陪伴你走完人生的路，它没有犯错误，不该接受你的惩罚，以致年老以后被关节疾病所困扰。漂亮的女孩请爱惜你自己。

我不止一次见过一个人占几个位子躺倒睡觉，有男也有女，也许他很疲劳，也许她有不得已的苦衷，但把候车座椅当自家炕头的行为确实让人无法理解。行走之处，彰显个人教养；言谈举止，体现自身素质。希望躺倒在座椅上的人能早日坐起来，为他人让出一个休息座位。

候车大厅里，有些女士的豪气真的可以冲天。坐在座椅上，把行李箱放在前面，为了舒服，把鞋袜脱掉，然后把脚丫子高高伸在行李箱上，甚至四仰八叉躺倒在哪里，或看手机或打电话，其豪放程度让人咋舌。想起一句歌词：“……是我给你自由过了火。”

人过一百，形形色色。何况西客站永远都如“春运”一样，每天都在超负荷运载，向辛勤工作的西客站所有工作人员致敬！

坐在那里等车，我结识了一位85后女孩儿。当时她坐在我身边，一脸的落寞。我不敢打扰，一直安静地坐着，她突然问我：“姐姐，你也是离开北京吗？”我点点头告诉她：“在这里等车，都是离开北京的。”她有些不好意思地笑了。话题由此打开，她告诉我她要离开北京，不再回来的那种。她说她家人已经为她联系了一份安稳的工作，她要回家相亲结婚生子，过安稳的日子了。在北京工作了七年，忙碌得没有时间恋爱，没有男朋友，每个月也几乎没有存款，到了适婚的年龄，家里人拼命催婚，无奈只能离开北京回家。我能理解她的苦衷，在北京，生活成本远远高于地方城市，很多年轻人怀揣梦想在这里奋斗，谁不是忙得想死却努力地活着？

累了倦了，想休息就回家吧。父母永远是自己的大后方。

但北京是个机会相对较多的城市，只要你努力拼搏又运气够好，成功的概率还是有的。没有太多的繁文缛节，这也是我喜欢北京的原因之一。

眼前的这位姑娘一直在小声地诉说着，伤心之处她还流下了眼泪，我拿出纸巾递给她，她轻声说谢谢，然后继续说。我知道她需要倾诉，并不需要劝慰或者开导，受过高等教育的女孩，什么道理都懂，她需要的是一个听众，仅此而已。我默默倾听，感受她的悲伤、她奋斗的辛苦以及她离开的失落。

进站的时间到了，她和我挥手告别。祝福这位姑娘，愿她早日觅得如意郎君。

曾有一篇很火的网文，说在北京有两千万人在假装生活。我不知道生活怎么假装？我只知道，在这个快节奏的城市，很多人都在努力工作，为养家糊口，为房贷车贷，为孩子老人，哪个人不是忙得像高速旋转的陀螺？哪有时间在那里矫情在那里假装？

生活没法假装，但可以假装晕倒。我亲眼见过一位大妈戏剧性的表演。当时，她和一位小伙儿发生口角，她大喊大叫，小伙儿小声嘟囔，本以为吵闹几句，大家各自离开就是了，毕竟大家出门在外都不容易，何苦互相为难？况且小伙子一直很克制，并没有想打架的行为。但那位大妈咄咄逼人，突然晕倒在地。小伙儿和周围的人都很紧张，工作人员也闻讯赶来，候车大厅广播里播音员在寻找医生急救。一位中年男士匆忙跑过来，亮明自己是某市三甲医院内科医生后，他单膝跪地准备开始急救，却突然发现大妈胸部呼吸起伏平稳，这医生一愣，跪地的姿势改成蹲姿，摸摸手腕脉搏，他明显松了一口气，又翻翻眼皮，并没有异常，做完必要的检查之后，医生缓缓站起身，沉默了一会儿说："地上凉，回家睡觉去吧。"众人皆乐，不管怎么样，人平安就好。大妈从地上"呼隆"一下猛然坐起来，指着小伙儿说："今天算老娘仁慈，下次可不能这么便宜你。"小伙儿连忙道歉，上前一步搀扶大妈起来说："您坐那儿歇会儿，躺这儿挺累的。"于是大妈乖乖坐座椅上休息去了。

如此一幕，为单调的等车时间涂上了色彩，让人莞尔的同时也不得不佩服那位戏精大妈的表演才能。人生就是一场戏，只不过有人喜欢在舞台上，有人喜欢安静平稳，不同的人有不同的选择吧。

来来往往，去去回回。我习惯了在西客站出行或者返回。耳旁响起我喜欢的那首歌曲：

当我走在这里的每一条街道
我的心似乎从来都不能平静
除了发动机的轰鸣和电气之音
我似乎听到了它烛骨般的心跳
我在这里欢笑
我在这里哭泣
我在这里活着
也在这儿死去
我在这里祈祷
我在这里迷惘
我在这里寻找
在这里失去
北京　北京

夜　幕　下

夜幕来临，并不是世界安静。城市的灯红酒绿让人眼花缭乱。我躲在城市的一隅感受生活，在读书写文的空隙里爱上了夜跑。刚开始夜跑的那年，我是在自家居住的小区院里运动。小区很大，从一期到四期总共有 203 栋居民楼。面积虽然庞大，绿化却很好，环境也很怡人。沿着院内林荫小路跑步，看灯光朦胧旖旎，树枝从灯光处折射在地上，斑斑驳驳，和自己的身影时而重合时而分离，好像是追逐自己的身影抑或是在丛林里穿梭，便时常觉得这世界是我一个人的。身边偶尔有邻居经过，他们或和我一样夜跑，或者散步，抑或遛狗，虽然彼此从来不打招呼，但也提醒我，我不是一个人在战斗，夜幕下，我有我的邻居陪伴我。

小区里有一处宽阔地，每天晚上有大爷大妈在那里跳广场舞。他们把音乐声调得很低，从他们面前经过，不认真听还真的听不太清楚。其实这时候，还不到休息的时间，音乐声音调大点也没关系。老人们为了不打扰别人，把音乐声音调到了最低，不由让人感觉心疼。社会上一些人对跳广场舞的人进行各种吐槽，甚至有年轻人出言不逊，仿佛跳广场舞是十恶不赦一样。每个人都有年老的时候，你爸你妈辛苦了半辈子，退休了该安享晚年了，只要不过分，在合适的时间段跳跳舞锻炼锻炼身体，有什么不可以的呢？我们小区里的老人每天晚上从七点到八点半，会在那里跳舞，或者有人教授新的舞蹈动作，不论是教或者学习，都没有人大声喧哗。有时候，我路过那里，会停下来几分钟，或者轻轻从他们身边跑过去，唯恐自己的鲁莽会惊扰到他们。城市安静，路灯昏黄。

每天晚上，就这么慢慢悠悠地在小区里跑步，直到有一天受到惊吓。那个秋天的晚上，我一如既往地在林荫小路上慢跑，微风习习，秋意浓浓，这样的天气适合跑步，不热不冷，不会像夏天一样跑两步就气喘吁吁、汗流浃背，一边跑步一边听一首自己喜欢的歌曲，天气很好心情也很好。突然，从前方冲过来一条狗，很大很大的一条狗，那条狗冲到我面前，一脸无辜地望着我，我吓得大声尖叫。一个身材娇小的女子快步赶来，叫住她的狗，轻描淡写地说："它不咬人。"然后，她宠溺地拍拍狗头带狗离开了。我惊魂未定，很久才回过神来。这条狗浑身雪白，身材高大，站立起来几乎和它的女主人一样高，她知道是宠物不咬人，我又不知道它咬不咬人，能不害怕吗？出来遛狗，狗绳都不拴，这也太吓人了！

对于狗，我是从内心惧怕的。小时候，在农村老家，有一个邻居小男孩，十岁左右，上小学三年级。有一天，这男孩在家里玩耍，突然发现家里跑进来一只可爱的小狗娃，男孩子天性调皮，就开始逗弄那条小狗，结果小狗就在他手上咬了一口之后逃走了。男孩大哭，父母过来察看，手背上有一个狗咬的牙印，并没有出血，当时也没有在意，就没有管他。在被狗咬过的第 58 天的那个早上，男孩洗脸的时候，突然大喊大叫，说水里有很多狗头，并且开始哭闹、打人。父母赶紧把他送到县医院，医生说："狂犬病，不能医治了。"男孩父母强忍悲痛把他带回家关进房间，那男孩不停拍打门，撕咬，并试图抓咬任何一个接近他的人……没几天，男孩就悲惨而死。而那条小狗仿佛从来没有出现过一样，消失得无影无踪。这件事，对村里人刺激很大，家家户户的大人都告诫孩子不要接近狗。我妈也不止一次警告我们，让我记忆深刻。那时候，听到狗叫就心里不安，看到狗就感觉心慌。这种不安全感伴随我长大直至成年。对狗的畏惧一直存在，以后的岁月里也不可能会有大的改变。这条邻居家的白色大狗，无论多么漂亮，我都很难喜欢它。以后每次夜跑的时候，我都会刻意避开它可能会出来遛弯的路。我小心翼翼地避开它，总不会有什么意外了吧？谁知道后面还有更大的“惊喜”。那天晚上，我在那条狗可能出来的反方向跑步，途经一片草地的时候，听到一个老太太说话的声音：“乖，听话，一会儿回家给你们做烤肠吃。”我朝一边的草地望过去，一个老人正向这边小路缓缓走来，那边有点黑，但我还是看到老太太是一个人。一个人边走边说话，这也有点太瘆人了吧！正当我感觉匪夷所思的时候，老太太已经走到了我面前的小路上，在路灯的照耀下，我看到她身后跟着一群类似金毛犬的小狗狗，不错，是一群！我数了数，足足八条。我赶忙跳到旁边的草地上，给它们让路，这群小狗一扭一扭地从我身边走过去，还好，它们没有对我表示“亲密”。我心惊胆战地目送它们离开，然后逃也似的继续往反方向跑。这些狗无论多么可爱，我都很难爱起来。他们养狗，都是有证的，狗户口是有的，也是合理合法地在养，即便我再怎么不喜欢，那也是我个人的事情，我必须想办法克服才对。于是，我决定改变夜跑路线。

新的夜跑路线在小区墙外，一条东西走向的小路。由于小路不靠主路，来往车辆不多，很是幽静。每天晚饭后，这条小路就有各色人等或跑步或遛弯或三五成群聊天走路，黄色的路灯下，人们来来往往，络绎不绝。我总是偏在靠墙的位置跑步，绕过人多的地方，比较安静也打扰不到别人。我自己或听歌或思考或看地上的疏影横斜，也不被人打扰。这样的时光静好，这样的岁月安宁，也许就是一种幸福吧？有一位大姐很有特点。之所以注意到她，是因为她和我一样，每天独来独往，还因为她的衣着打扮比较特别：夏天，开始跑步的时候，天色还不算黑，她一直穿一件白底蓝色横道紧身短连衣裙，春秋季是紧身运动服，冬天羽绒服也是紧紧地贴在身上，让她的身材曲线完整地展现出来。我永远是一身宽松的衣服，可以说，我和她完全是两种风格。时间久了，她也注意到了我，有时候擦肩而过的时候，彼此还会轻轻点点头算打招呼。日复一日，年复一年，我和她一直在这条路上相遇，彼此不说话，但也是心照不宣。她会看我一眼，我会微微一笑，或者我看她一眼，她微微一笑。几年过去了，我和大姐还是那样，但我可以肯定的是，我的身体素质得到了提高，中年人常有的各种疾病比如：高血压、血脂稠、心脏病等我都没有，每年体检各项指标都是正常。只要收获了健康，胖瘦又有什么关系呢？

在那个炎热的夏天，我在那条路上跑了一圈又一圈，热得满头大汗。那天，不知道什么原因，那个大姐没有来。由于天热，我就往路边多走了几步，不知不觉来到了一个比较偏僻的地方，当我发觉自己走远了想往回走的时候，突然从路边的树荫下跳出来一个人，冲着我猥琐地笑，我心里暗叫不好，掉头就跑。我什么也不顾了，飞快地往前跑，我感觉自己的心快要跳出胸膛，一种恐惧和绝望涌上心头，就这么拼命地跑啊跑，跑到人多的地方还是没有停下来，路人惊奇地看着这个疯子一样的女人在奔跑，却没有人知道我内心的恐惧。终于跑到小区大门口，我浑身被汗水湿透，累得一句话也说不出来。惊魂安定下来之后，我想以后还是要改变夜跑路线了。

出了小区门口往南走，是热闹繁华的主街道，大街上人来人往，车水马龙。一旁的人行道上，树木成行。夜晚来临，路灯闪烁，或明或暗；天气转换，或阴或晴；人流来往，或走或停，都为城市的夜色增添一份美丽。秋末的一天，大风。傍晚，我从家里出来夜跑，秋意很浓，冷风阵阵。风大，我跑得很慢，迎面一位老太太返回小区，她说："姑娘，风大，别出去了，回家吧。"这位老人行走缓慢，一旁有她的家人陪伴。她这么说倒让我愣了很久，这声音这背影像极了母亲。待我回过神来想对她表示感谢的时候，她已经在家人的陪伴下走进小区院内，我冲她的背影大声说："谢谢您，阿姨。"生活就是这么美好，在你不经意间就会收获喜悦，陌生阿姨的关怀让我的心里既感动又温暖。长期坚持锻炼，已经养成了习惯。如果哪一天没有达到运动量，内心就会感觉不舒服，晚上睡觉也好像有什么事没做完一样，感到不踏实。但那天那位陌生阿姨的话，让我放弃了那次夜跑。阿姨说得很对，天黑风大，外面存在很多不安全的因素，她和我的妈妈一样希望我安全。放弃那次夜跑，没感觉有什么不好，晚上睡得很香，梦到了我的妈妈……

冬天的夜晚总是比平时来得早些。晚上五点多钟，天已经暗了下来。夜色如黑色的窗帘，拉下来就什么也看不到了。对于喜欢夜跑锻炼的人来说，亮起的路灯就是奔跑的方向。我换了鞋子走进夜色中。还是沿着那条南北大道行走，冷风吹来，刺骨的冷。路上行人稀少，路灯好像比平时暗淡了一些，昏黄的灯光貌似承受不住冰冻的侵袭，在冷冽的寒风中摇曳。我一如既往地慢跑，渐渐感觉身上有了热量。这时，我发现路边有一个女孩在冷风中哭泣，她单薄的身躯随着哭声轻轻抖动。我在她身边停下脚步，从衣兜里拿出一张纸巾递给她，她接过纸巾擦了鼻涕和眼泪，随手扔在地上，然后又弯下腰捡起来握在手中。她不说话，仍旧在哭。我站在那里也没有说话，过了几分钟，我问她：“小美女，你冷吗？”她还是哭，我沉默了一会儿说：“你看，前面有个咖啡馆，不如我们一起去喝一杯，暖和暖和，聊一会儿怎么样？”她轻轻点点头。于是我前头带路，她默默跟在我身后朝不远处的咖啡馆走去。附近有一个公共垃圾箱，女孩走过去，把手里的垃圾放进去。我喜欢这样注意细节的女孩。咖啡馆距离我们所在的位置大概有500米远，右手边转过就是。不多久，我们来到了咖啡馆，推门而入，温暖的气流扑面而来，室内的灯光柔和迷幻。找一个位置坐下，我点了两杯咖啡，我要原味的，不放糖，不加奶；女孩则加了糖和奶。对于年轻人来说，甜香的滋味永远是诱人的吧？她说：“姐，原味的，你不嫌苦吗？”我笑笑摇头：“入口虽苦，但后味香醇。我喜欢这种原汁原味的本真。”她轻轻笑了，然后打开了话匣子。我这才注意到这个女孩，原来她很漂亮，一双眼睛不大，但很精巧有神，皮肤白皙，一笑还有一个浅浅的酒窝。

她说，她在附近的一家餐馆打工，工资不高，一个月才四千多块，她攒了几个月才买了一部新手机，可是，刚才在路上不小心丢了。说着说着，她的眼睛又红了：“我怎么这么不小心呢？装在衣兜里就掉了，我往返几趟找，都没找到。”我没有说话，递给她纸巾，她一张一张地擦眼泪，然后扔进面前的垃圾桶里。我能理解一个女孩一个人在外打工的艰辛，生活不容易，攒钱也不容易。我没有吃过这种苦，也许我无法真正感同身受。咖啡端上来了。氤氲着热气。我们不再说话，慢慢品尝咖啡。但愿咖啡的香味能抚慰她内心的忧伤。一杯咖啡喝完，她的情绪平复了。她问：“姐姐，我可以加你微信吗？可是我没有手机了。”我说：“当然可以。”于是我去吧台结账，并借来了纸笔，把我的手机号写好递给她："小美女，手机号即微信号，相信你很快会有一部新手机。"她接过纸条，冲我点头："我会努力再挣钱，很快就会再买手机。"我说："面包会有，牛奶也会有，等你好消息，加油。"她说："谢谢姐姐，这杯咖啡真好喝。"我说："快回家吧，美美睡一觉，明天又是元气满满的一天。祝福你！"她再次道谢，然后，我们出了咖啡馆挥手告别。走在昏黄的路灯下，我的心情有些许沉重，这个可怜的女孩丢了手机，她的伤心让人心疼。天空开始飘起了雪花，我拿出手机拍下雪花在路灯下飞舞的样子，发了一条朋友圈，告诉大家：下雪啦！想起那位陌生的阿姨，也想起了我的妈妈。我决定提前结束夜跑赶回家。今天的运动量没有达标，心里有些许的不舒服。

过了几天，又一次夜跑的时候，我接到一个电话，那个女孩打来的。她说："姐姐，我借别人的手机给你打电话，我明天就要离开这儿回老家了。"放下电话，我感觉心里轻松了很多，这个女孩选择回到父母身边，有家人的呵护，她的生活一定会很幸福。每个人不必那么坚强，累了倦了，就歇一歇，找个肩膀靠一靠。夜晚过去，黎明终归会来，所有的奋斗所有吃过的苦都会不屈人生一趟。四季轮回，天色亮亮又暗暗，灯光明明又灭灭。每一个夜晚来临的时候，每一道夜幕降下来的时刻，都有故事演绎，或美好或丑陋，或快乐或悲伤，或励志或颓废，都是生活的滋味。让我们一起奔跑，向着路灯的方向。

冰　溜　子

窗外下起了雪。纷纷扬扬，棉絮一样。

猝不及防，仿佛秋天没有到来，季节没有过渡，雪就这么不客气地飞奔而至，落在了树枝上，落在了大地上，也悄悄地落在了窗台上。

据说，东北的雪下得更大，朋友发来的图片是一簇簇的冰溜子。屋檐下一字排开的冰溜子，长长地垂下来，晶莹剔透、整齐划一；树木被冰雪压弯了腰，还有的干脆被冰雪砸折了，七零八散，带着些许的不甘心还有些许的狼狈，然而冰溜子又化作了不规则形状，紧紧地把这些树木缠绕，透过剔透的冰层，仿佛听到严寒下树木的无奈叹息。

想起一句诗："大雪压青松，青松挺且直"。此时，松枝亦被压折，怎么可能会"挺且直"呢？所谓挺且直，是因为冰雪不够大，青松还能承受吧？

想起小时候，貌似见过一次这么大的冰雪。

我的家乡周口位于豫东平原，离地理意义上的中国南北分界线很近，算得上是北方的南方。这里冬季没有统一供暖，室内室外温度基本上差不多，冷得哆嗦不说，如果电压不够，室内也只能靠一身正气取暖了。

小时候，电网不如现在这么强大，也只有城里居民才能正常用电，农村用电并没有普及。冬天寒冷的时候，很多人家都是关门闭户，室内烤火升温，或者躲在被窝里取暖。对于上学的孩子来说，大家都是穿着笨重的手工棉衣棉裤，小手和脸皴裂，鼻涕一流出来就结了冰。虽然寒冷，但祖祖辈辈都是这么过来的，熬过严冬，等到春暖花开就好了。

但是有一年，天气就那么突然间变得更冷，大雪下得几天几夜才停下来，广阔的平原被厚厚的积雪所覆盖，道路也没法行走，因为你分不清哪儿是路哪儿有井，或者哪儿是坑哪儿是河，好在适逢春节期间，孩子们都放假在家，不需要去上学，基本避免了学生们被大雪吞噬的危险。

因为是在春节期间，很多人要走亲访友，有的人一出门就懵了，积雪没腰，眼前是白茫茫的一片，根本没有道路可走。有的人打退堂鼓，不再走亲访友；有的人不信邪，偏要拜访亲朋，结果就在野外迷了路，那一年没少出事，有人坠井，有人落河，有的人因为雪光照耀而眼睛受伤。只是听说这些事，并不知道有没有人因为雪灾而死亡。

暴雪终于停下来之后，太阳一照，化一层雪水，太阳躲进云层，雪水就成了冰溜子。透亮透亮的，和朋友发给我的图片一模一样。

每天早晨，粗长坚硬的冰溜子从屋檐下垂下来，让寒假在家的孩子们有了可以玩乐的玩具。大点的孩子会找来木棍，对着冰溜子敲，随着清脆的声音，冰溜子哗啦啦散落一地，于是，小伙伴们一哄而上，抢拾到手，有的放在手里把玩，有的放进嘴里吃。我那时候还小，衣服穿得极厚，一走路就会滑倒，主要是那时候怕冷又懒惰，常常是一个人呆呆地站在那里看他们玩耍，心里不明白，这么冷的天，这么凉的冰溜子，有什么好玩的呢？

小时候安静的性情，让我没有热情尝试热闹和冒险，看那些大孩子吃冰溜子，吃得嘴又红又肿，有的一不小心还摔了个仰面朝天，费尽吃奶的力气爬起来，还是在院子里跑，直跑得满头大汗，热气蒸腾，摔得身上的棉衣也都是水渍，被大人赶着往家里跑，有的边跑边哭爹喊娘，场面欢乐而搞笑。而我永远是静静地站在门口，看热闹，也看风景。更多的时候，眼睛望向远方，望向门口那条结冰的小河之外，盼望能脱掉棉衣，盼望夏季的蝴蝶，和蝴蝶一样美丽的裙裾。

那一场大雪据说是百年不遇，在以后的日子里，再也没有看到过那么大的雪。

后来，小村渐行渐远，我追逐着美丽的蝴蝶去了远方，去了有诗有梦的地方，每到冬季，想起厚得能够单独站立的棉衣棉裤，想起那年屋檐下的冰溜子和晶莹剔透的冰块，也想起那些小朋友被摔得四仰八叉的场景，笑容不由自主地爬满嘴角。

阳台上，我养的花又死了。

每年春夏秋三季辛辛苦苦养的花儿，在阳台上陪伴我度过时光，度过迷茫，度过每一个有风有雨的日子。看到它们，心绪会逐渐平静，再怎么寂寥的岁月也有了生机和希望，在阳光明媚的午后，或者在夕阳余晖的映照下，我捧一本书，陪伴着我的花，在阳台上享受阳光和温暖，享受时光的静好与安宁；或者在深夜无眠的时候，我光着脚坐在阳台上，和我的花儿一起仰望窗外的世界，仰望无垠的夜空，我的花儿告诉我，这个世界仍然是温暖地存在，就如天上的星辰每个人都有自己的位置。

这样的时候像极了爱情，空气里流荡的是温柔的气息。

想起了三毛，想起了那些年追逐的琼瑶，文艺的东西是好呢还是坏？经历过的是悲欢呢还是离愁？

前几天去拜访八十高龄的文学前辈。老先生和他的老伴儿一起居住在一家高档养老院。他精神矍铄，说起身边的老伴儿两眼都是光彩，这才是爱情该有的样子，哪怕你和我都老了，仍然是相濡以沫不离不弃，在他的眼里，老伴儿就是仙女，是那个一直优雅的大家闺秀。这让我再次想起琼瑶，想起那些浪漫书本里的俊男靓女。

老先生谈起他的散文，有一篇文章一下子打动了我，他说："爱是一种伤害。"

仔细想来，好有道理。该爱的时候不爱或者是不该爱的时候爱了，对那个主动的人而言往往是一种伤害。

如此，还是不谈爱情吧。

这个世界上，除了爱情，还有阳光，还有花儿，还有书本和咖啡，还有美酒与香茗。

老先生赠我书本，并郑重地签上他的大名。

他的老伴儿在一旁浅笑安然，眉间都是温柔。

莫名想哭，不知道为什么就是想哭。害怕会失态，赶紧告辞，向他的老伴儿表示感谢，感谢她热情款待，也感谢老先生让我看到文学之外更珍贵的东西。

回到家里，我看到我的花儿死了。

只能陪我春夏秋三季，这个冬季让我一个人面对寒冷。我看到了树枝已经枯萎，冬雪已经飘扬，大雪之后，会有冰溜子吗？

你走了，你是融化的积雪，带走的不仅是阳光，还有湿润的空气和仅存在心底的温暖。

我看到天空中飘浮的云彩，渐渐地变了色彩。干冷干冷的天气，让人躲在厚厚的羽绒服里瑟瑟发抖。

我看着阳台上我的花盆发呆，它们又死了。在这场大雪没有来临之前，如果我把它们搬到屋里，如果我不把推拉门关上，让室内的暖气跑到阳台上去，是不是它们就不会死？

没有如果，因为它们已经死了。

我在花盆前蹲下来，把干枯的花茎和花枝轻轻取出来，放在面前的垃圾袋里。然后拿起一双筷子，开始为花盆松土，之后把放置很久的香菜种子种进去，最后浇水，种子随着水漂浮起来，我不知道它们会不会发芽？会不会长成满满一盆香菜？

每天浇水每天看，一直不发芽，让我信心尽失，有些懊恼地看着光秃秃的花盆和花盆里附在土层上面坚持不发芽的香菜种子。

等得心焦，我挑出两个比较大的花盆，用废置的筷子重新松土，把整头的大蒜埋了进去，大蒜据说很好活，比一比，看一看，它和香菜究竟谁先发芽。

水又浇上去了，我又开始像盼星星盼月亮一样的等待。

夜里，我做了一个梦，梦到了春暖花开，我的花儿又重新复活了。

我看到了日月星辰，也看到了姗姗而来的你。在这个寒冷的冬季里，你握住我的手，和我一起把酒话桑麻。

有一个人可以陪你走路，可以和你一起疯狂，一起胡说八道，这样的放松你有过吗？

这仅仅是一场梦。

梦醒了，我的花盆仍然空空如也。

时值深冬，各地都在下雪，我再一次看看朋友发来的图片，那压折了青松的大雪，那包裹了枝丫的冰晶以及那屋檐下粗长的冰溜子，让人想起了童年，想起了遥远……

北方以北

小时候，我常常以为自己是南方人。

夏天热得要死，太阳毒辣辣地照耀着，晒得人睁不开眼睛。那时候就对北方心生向往。想那北方，一定是山高云淡，树木葱茏可以遮天蔽日，凉爽舒适，不会遭受日头暴晒之苦。冬天的时候，天气冷得能把人手脚冻掉，由于没有供暖设备，室内室外几乎是一个温度，如果因为外面寒冷而躲进室内寻求温暖，那几乎是不可能的，因为室内气温也不比室外高。一边冷得跺脚，一边还替北方人操心，心说我们南方就这么冷，北方岂不是更冷？如此严寒，北方人该如何过冬呢？

后来渐渐长大，才发现自己真是想多了。原来自己才是那个可怜的北方人，最冷的地方就是自己所在的地方，而真正的北方——东北西北华北，室内都有供暖设备，温度比冬天的南方还要温暖。真是应了那句歌词：你在南方的艳阳里大雪纷飞，我在北方的寒夜里温暖如春。

说起北方与南方，才发现原来自己也是北方人，只不过是生活在南方的北方人。按照地理学意义上南北分界线的划分，我所生活的地方算是北方的南方，也就是说，我也是如假包换的北方人。

小时候，总感觉冬季特别漫长与寒冷。常常穿着厚重的棉衣棉裤行走在上学或者放学的路上。小伙伴们都穿着笨拙的厚重得能单独直立的棉衣棉裤，男孩子戴棉帽，女孩头上包着鲜艳的围巾，脚上穿着手工棉鞋，冻得吸溜着鼻涕，迎着风雪去学校。年龄小的孩子，特别是女孩，因为棉裤太厚，上厕所的时候会因脱不下棉裤，以至于尿湿棉裤。所以，有的女孩棉裤后面就有了“印花”，印花就印花吧，女孩自己看不到，看到的人也习以为常，并没有人嘲笑什么。

那时候，农村有一样很重要的交通工具——架子车，几乎是家家户户都有一辆。这种人力驾驭的木制车子，农民们用它拉收获的庄稼、农作物秸秆、各类柴火以及农副产品。

有老人串亲戚，车子上铺一条棉被，老人或坐或半卧于车上，有子女驾车陪同前往，进得村来，半卧的老人马上坐起，精神焕发地与认识或者不认识的人打着招呼，听对方夸奖一声：真有福气或者孩子真孝顺！于是，老人一脸满足的笑，驾车的子女也是心情愉悦，对老人的照顾更是细致，拉起的架子车走得轻松而愉快。

村里无论是谁生了病或者是孕妇产子需要送医院，架子车又派上了用场。车上铺一条被子，让病人躺在车上，再体贴地拿一条被子盖在身上，然后驾车人拉起架子车往医院走，保证暖和又安全。

一辆架子车是那个时代的记忆。而今，村里很少看到架子车了。很多人家里有小轿车，耕田全是机械化操作，年轻的一代人，几乎没见过架子车了。各家各户都有各种代步工具，最不济也是农用三轮，架子车作为“老古董”已经进入了人们脑海里的“博物馆”。

很多记忆已经刻入了脑海，连同我对北方和南方的纠结一样，成为一种根须或者树苗，成长于内心深处最柔软的角落，随时随地在眼前长成参天大树。

这根深叶茂的大树，其实是一种乡愁。无论走到哪里，乡愁都是游子的眼泪或者欢歌笑语，或者努力或者颓废，或者赞歌或者情怀，都让你为之努力为之欢欣鼓舞为之魂牵梦萦。

行走在家乡以北的都市，繁华与喧嚣吸引着你心甘情愿地去努力、去奋斗、去付出心血和汗水。

我从北方的南方走来，轰隆隆的绿皮火车带着我一路前行，我看到了窗外的世界，也看到了平原以外的山川与河流。

我的家乡周口是一望无际的大平原，“中原大粮仓”的美称名扬天下。记得小时候，村西头一个大龄男青年外出打工，在广州一家大工厂里自由恋爱谈了一个对象，这姑娘比小伙小了五六岁，长相甜美，眉清目秀，很是讨人喜欢。姑娘来自西南某地山区，她们老家的农田都是在山上或者沟底，一小块一小块的，不能机械操作，只能人工作业，且没有水灌溉，差不多是靠天吃饭，家里的贫穷可想而知。当时两个人聊天的时候讲起这些，男青年笑呵呵地说，我们那里是大平原，一眼望不到头的农田。女孩不信。男孩说，我带你回我家看看，让你看看我们周口是不是大粮仓？

于是，在六月份麦收季节，男青年领着女孩回到了村里，顾不上休息，他就把女孩领到自家的麦田里，指着眼前望不到边的金色麦浪，自豪地说：“看，这十二亩麦子都是我家的。”

女孩惊呆了，站在那里一直看一直看。从麦田里回家之后，女孩高兴得在床上打滚，大笑着说：“太多了，太多了。”

女孩当即给父母写信，告诉父母她要结婚，结婚以后再回去看望父母。然后，她再也不出去打工了，她说：“这么多这么好这么肥沃的土地，我舍不得离开。”一直到现在，他们都在村里守着这十二亩土地过着辛苦却快乐的日子。

这是纯朴的农民对土地最深情的告白，也是最热烈的情感。

而我没有土地，没有麦田和农舍，只有一颗眷恋家乡的心。

我带着我的心前行，随绿皮火车一趟一趟穿行在家乡和都市之间。我看到麦田一晃而过，也看到黄河奔腾不息；我看到平原辽阔无际，也看到山川高耸入云；看到了家乡的淳朴与厚重，也看到了都市的繁华与亮丽……

我不知道我要漂泊多久，但我知道我的根须仍是在家乡。

时值隆冬，家乡仍然很冷，但各家各户都已经有了取暖设备，当年室内室外一样寒冷的日子已经没有了。归根结底，还是那时候比较贫穷吧。

北方的都市寒风凛冽，但是人们并不寒冷，我真正体会到了，北方人怎样在冰天雪地的日子里享受着春天一样的温暖。

绿皮火车如架子车一样，即将成为一代人的记忆。高铁、飞机让人们的出行更为快速和便捷。

可供选择的出行工具越来越快，而我却没有了奔波的欲望。我躲在我的小窝里，看书、听音乐、写文或者干脆睡大觉，外面的世界很精彩，而我却没有了太多去探索的欲望。

70后，渐渐喜欢怀旧的这帮人，是不是我们真的老了？

河边，那一棵海棠树

清晨，我奔跑在河边公园里的小路上。

耳机里循环播放着喜欢的音乐。林木葱郁，花开遍地。蓝天白云，天高地阔，燕飞鸟鸣。奔跑其中，眼前的一切如梦如幻。

水中，荷叶满塘，花也满塘。又是这个季节，又到了海棠成熟的时候了。

记得否？曾经捡起落在地上的海棠，轻咬一口，甜甜的，香香的，充满着阳光的味道。

就是这棵海棠树，就在这岸边的位置。

我常常从这里跑过，常常在这里停留，常常望着这棵树发呆，也常常回味这世间的一切。

海棠树寓意着守护和陪伴，是它守在岸边，陪伴这满池的荷花吗？

它迎着朝霞，迎着雨露，迎着风霜，也迎着星辰和月色。

而我只迎着你，在每一个黎明时分，奔跑而来，看一眼岸边的海棠树，它还在，从一树青绿到花满枝头，再到果实累累，再到成熟季节，我每天看着它成长，看着它迎风轻摇身躯，再看它树下站满采摘的人。

果实成熟，被人食用，也许这就是它的宿命。

我远远地看着，看着它被人摘走，身上只剩枝叶。

一时间，竟有些难过。果实成熟，必将离树，离开之后，它可曾有过难过？有过不舍？或者有过欣喜与期待？

我从来没有想过采摘一个，也没有动过品尝的念头。

去年的那天，正是海棠成熟，果香飘逸的时候，我从树旁走过，一群大妈在采摘……

我为这棵海棠树心疼，此时的它，再也没有枝头挂满果实的自豪，再也没有香飘河岸的意气风发。这个世界如此残忍，需要剥离需要分开，需要被迫放手和成全，纵然万般不舍，纵然身心疼痛，又有什么办法呢？好在还有来年，还有春暖花开的时候，还有果实再挂枝头，风还会吹，雨还会下，我还在守候，该来的还会再来。

想起 2012 年的那场大雨，雨将至之前，我匆忙往家跑，路过这棵海棠树旁，看到它在风中剧烈摇晃，腰肢都快要摇断了，我有些担心地看看它，终感自己的无力与无奈，转过身开始加快脚步往家跑。

我跑得很吃力，很恐惧自己会被风刮进河里。于是我逃离河边，继续吃力地往家跑。

雨水兜头浇下来的时候，我庆幸自己已跑过小桥，不然，不知道会发生什么。当时顾不得很多，跌跌撞撞往家跑，恍惚感觉身边有个人要倒下，对，只是感觉，因为雨水那么大，根本睁不开眼睛。我下意识地扶了那个人一下，结果那个人趔趄了几下，站住了。她冲我喊：“我没事，你快跑。”

我抹一把雨水，努力让自己睁开眼睛，跟前是一位六十岁左右的老人，在风雨中摇摆如河边那棵海棠树。

我不由分说搀上她，一起向小区方向走。

也感谢这位老人，不然，这么大的风雨，保不准我也会摔倒。两个人的体重显然更能抗风。

我和她搀扶着艰难前行，距离小区门岗大约三四百米的距离，我感觉像天边一样遥远。

终于，我们走到了小区门口岗亭。室内的保安冲过来，把老人拉进岗亭内，我松开老人，冲进小区里。摔倒了两次，再爬起，当我满身泥浆，狼狈不堪地走进楼门口的时候，忍不住泪流满面，冲上楼去，打开房门，赶紧去冲个热水澡。

后来还是感冒了，病了一场。那场大雨留给我的记忆永不磨灭。

感冒好了之后，我去河边看那棵海棠树，它枝丫上的果实跌落一地，显得有点精神不振，但好在它安然无恙。

风雨中摇摆的海棠，与风雨中相互搀扶的那位老人一样，都成为我生命中的一段记忆。海棠树无恙，那位老人还好吗？她一定安然生活在人群中，傍晚或者清晨，她也在河边漫步，享受着人生秋天的大美。

身边有老人走过，说不定就是她呢。想到此，我的心溢满欢喜。

不知何时，我手里有了一个海棠果，淡黄色的，香气四溢的海棠果。

仿佛有人说：“尝尝，很好吃的。”

我轻轻咬一口，蜜甜脆爽，满口生香。

这棵海棠每年挂果，每年成熟，每年一次次看到，我却从来没有摘过。

有些东西，看看就好。采摘下来，是不是就亵渎了美好？

仿佛又有人说：“吃吧，刚才落在草地上的，很甜很好吃的。”

我点点头，一口一口慢慢地把这个海棠果吃完。

回过头来，找不见递给我海棠果的人。也许是我自己捡起，也许根本就没有别人，但海棠果的香味犹在，沁人心脾。

曾经来过，飘忽而过，犹如这满树的海棠，等待下一个轮回。

今年的海棠树又到了成熟季节。你看，树旁小河里，荷花也开了，有蜻蜓立其上；荷旁，有野鸭玩耍，那么祥和，那么自然，那么让人心旷神怡。眼前很近，目光所及之处，都是美景，也是人生；心绪很远，很远的远方，爱人所在的地方，诗意朦胧。

我望着这棵海棠树，挂满果实的海棠树，是那么丰盈，一如娇羞的新娘，怯怯地等候心上人的到来。

夜晚，我备好红酒，坐在阳台的一隅，慢慢啜饮。

眼前是满塘的荷花，岸边是青青绿草，岸上是那棵海棠果飘香的海棠树，以及被采摘后，枝丫疼痛的失落模样。还有那场风雨，以及风雨中搀扶走过的老人。

我守护着内心的阳光，一如这洒满阳台的月光，清凉而美好。也守候内心的善良，愿风雨无阻，你我安好。

一池清荷

站在小桥上，我凝望着满池碧绿的荷叶。此时，夕阳西下，余晖洒在片片绿叶上，是那么柔和秀美、温情脉脉……

荷池的尽头，是一条用石块铺就的小路，沿着石块穿河而过，对岸便是幽深静美的园林公园，每一次战战兢兢地从石头上走过去，看脚下河水安静地流淌，心便慢慢平静下来，不再惊慌。那不规则的石块，那潺潺流淌的河水，那河床上迎风舞蹈的芦苇，那河堤上绿油油毡子一样的小草……如画的风景让人宛若置身于梦境，忘记自己来自何方，不知今夕是何年。

如今，河水已涨，也许已漫过石块了吧？任河水潮起又潮落，石块淹没再裸露，风起的时候，水波荡漾；雨停的时候，水平如镜。“清风徐来，水波不兴”。无论你多么烦躁，你都无法拒绝大自然慷慨无比的馈赠，在碧水蓝天的拥抱中安然享受……

每一次下班走过这里，我都会在桥上站一会儿。看河水涨涨又落落，荷叶从尖尖点点到铺满眼前的河道，每一点滴的成长又何尝不是因为追逐阳光雨露？它们为了满池的碧绿，努力吸收着养分，在轻柔的微风中，伴随着黎明的脚步，从日出到日暮，从今日到久远……

身后是另一处风景。河畔那一片桃园已经是果实上市的时候了吧？隐隐约约，会有桃子的清香飘过来。桃花开了又谢了，桃子青了又红了，季节的变换让桃树在希望中成长，在喜悦中收获，在等待中迎来下一个轮回……明年的桃花还会如今年一样的美丽吗？

粉的桃花，红的荷花，构成了无比浪漫的色彩。只是它们绽放在不同的季节，在每一个属于它们的日子里装点着五彩缤纷的时光，让世俗的烟火在这璀璨的美丽中诠释出蛊惑人心的温暖……

每一枝花朵，每一棵小草，每一片绿叶，每一条小河……都是有生命的。眼前，这一池清荷把我的心带向遥远，遥远……

我看到了荷叶上那抖动的水珠，仿佛晶莹剔透的宝石在暮色中闪动，不是说清晨才有露珠的吗？在光芒照耀的背后，在夜幕来临之前，是谁的眼泪打湿了荷叶？是荷花在哭泣吗？抑或是黑夜对白天的挽留？

河中的青碧绵延无尽，恍惚中，仿佛是谁在向我招手，是谁向我款款走来，你从静谧的河水中走来，荷花仙子一样的秀美；你从河岸上走来，带来凉爽的微风；你从清幽的小径走来，身上满是野花的芬芳。你从哪里来又到何处去？是否也如我一样沉迷于这傍晚小河的美景中？是否也如我一样被这一池清荷勾去了魂魄？

河水依然安静地流淌。微风中，仿佛听到荷叶在轻声呢喃；看行人匆匆走过，听风拂水面轻轻地低语。是谁惊扰了河畔树上的小鸟？是谁按动心头的快门，留下一幅幅如画一样的美图？

桥，还是这座桥；河，还是这条河。不同的是，荷叶张扬地铺满了河道，极目望去，翠绿的色彩覆盖了这火一样的夏季，让焦躁不安的灵魂在此处稍稍安歇。我听从灵魂的召唤，向往着旖旎的美景，在水与天的交汇处寻找来自天外的惊喜。那高大的树林，那开满野花的小径，那桃园延伸的小路，那缓缓流淌的小河以及河边那回首一笑的女子……无不在这满池的清荷中间鲜活灵动起来，那亮丽的裙裾，那飞扬的长发，那阳光一样明媚的笑容，都定格在这醉人的绿色中。

每一处风景都很美丽，每一段记忆都很难忘。傍晚时分的小河格外宁静秀美，在这座干净的小桥上，一个长发女子凝视着平静的河水，将自己站成了一株清荷。

雾霾中行走

又是一个雾霾天。清晨，我穿好外套，戴上口罩，几乎是“全副武装”地走出家门。

和所有的上班族一样，每天来来回回早出晚归。走在重重雾霾中，一遍遍丈量从家到单位、从单位到家再熟悉不过的距离，匆匆行走的脚步凌乱了清晨宁静的时光。看不清远方的景色，甚至看不清身边慌忙赶路的人，在这样一个雾霾厚重的天气里，与一辆辆小心翼翼行驶的车子擦肩而过，汽车尾气的声音仿佛是一声声无奈的叹息。

我决定走路去上班。朋友说，她每天锻炼，坚持步行上下班，除了这个，她还坚持做平板运动。我心想：怪不得她身材那么好，四十多岁的人了，看起来还如小姑娘一样青春靓丽、活力四射。

她对我说：“你也做平板运动吧，我可以监督你。”

听从了她的劝说，我开始每天早晚都做平板运动，不为别的，只为能感受那一份友谊的力量，享受做运动的快乐。

我是一个懒惰的人，平时很少运动。每天伏案工作，仿佛机器一样毫无生机，离开键盘，几乎找不到可以去做的事情，除了工作，想不起自己究竟还会做些什么。很多时候，我如男人一样驰骋在职场，安静下来时，内心却是无比的空虚。穿过雾霾，走过雨季，在秋天过后，寒风凛冽的日子里，期待着花团锦簇阳光明媚的春天。

“仙苑春浓，小桃开，枝枝已堪攀折。乍雨乍晴，轻暖轻寒，渐近赏花时节。”宋朝词人阮逸女的《花心动·春词》用短短两句话将一幅春花初绽的画面展现在人们面前，这样的美景有谁会不陶醉其中呢？

美景在古人的诗词中，在众人无限的憧憬中。可在这雾霾深重的早晨去哪里寻找美的踪迹呢？

雾霾来袭，人们习惯性地包严了自己。许多人减少出行，关门闭户保护自己，用自己的力量“抗击”雾霾。对于有闲有钱、讲究生活品质的人来说，仅仅减少出行还不够，还要用时尚的产品，比如新生代“氧气”等等，希望能靠这些确保自己不受雾霾侵害，过上绿色环保健康的生活。其实，这些东西不过是因雾霾应运而生、商家敛财的方式而已。普通的工薪一族，每日为生活奔波，哪怕雾霾遮天蔽日，也没有时间矫情，不可能边工作边吸氧，更不可能躲在家里享受“清新”，孩子要读书，家人要生活，房租要交付……停下工作意味着没了收入，相比这些而言，雾霾的危害可以“忽略不计”，毕竟，生活是最重要的。

路两旁晨练的人很少。这样大雾缭绕的寒冷天气，有多少人会为晨练而“拼命”呢？马路上行驶的车辆“低调”了许多，缓缓行驶中，宛若害怕碰开了潘多拉盒子会倾洒鬼魅一样的烟雾；路旁孤傲的树木一动不动，冷冷地观看着这恶作剧一样逐之不去的雾霾。我用手摸摸口罩，内心安慰自己：不怕，咱有防范措施。其实自己知道，这口罩相对于雾霾仅仅是安慰作用，心理安慰罢了。

能自我安慰，不知道算不算是一种坚强？

人生的道路，时有不如意，这些不如意，也算是生活中的雾霾吧？当我遇到困难，脆弱得想把自己藏起来的时候，心头的雾霾沉重得让我无法呼吸……读一首诗，听一支歌，写一幅字，喝一杯咖啡或者一杯烈酒都可以作为驱逐“雾霾”的“利器”。“总有云开日出时候，万丈阳光照耀你我”，这句歌词常常给我鼓励。

越过一座小桥，离单位越来越近。这时，一轮红日害羞地探出头来，像喝醉了的新娘一样醉眼迷离，晕染了半个天空。前方道路渐渐清晰，雾霾越发淡薄，我摘掉口罩，呼吸着新鲜多了的空气，轻轻松松地走进单位。

“窗外更深露重，今夜落花成冢，春来春去俱无踪，徒留一帘幽梦……”莫名地，突然想起中国台湾歌手高胜美唱的一首歌。多年以前，这首歌唱哭了多少痴情男女，对于性情中人来说，这《一帘幽梦》算不算人生中遭遇的雾霾？我想，应该算是。其实，是与不是又有什么关系呢？春来春去，花开花落，人生的阴霾阻挡不住岁月的脚步，那些无法释怀的事情和无法忘记的人，如同天空中的雾霾一样终究会散去，徒留《一帘幽梦》而已！

在　雨　中

清晨起床，听到了淅淅沥沥的小雨声，拉开窗帘，外面果然是细雨朦胧中。炎热的夏天，来一场大雨或者如眼前一样的小雨，那一种舒爽无以言表。这样的天气适合散步，适合在雨中享受美景。

梳洗之后，我匆匆出门，楼道里就已经感受到外面清凉的气息。走出楼门，我首先来到楼前面的那个车棚里，看看那只邻居养的大白兔是否安好。

晴天的时候，那只雪白的大兔子经常笔直地伏在笼子里，热得浑身打着哆嗦。这是个用玻璃搭建的车棚，太阳直射下来的时候，车棚里闪烁着诡异的光，炙热得像长时间运转的桑拿房，大白兔紧紧贴在笼子里，把身体伸成一条直线，即便如此，仍然不住地发抖，大大的耳朵随着身体一起抖动。我第一次发现它的时候，正是中午。我正热得头昏脑涨，在不经意回头的那一瞬，看到了三轮车上放置的兔笼里，一只瑟瑟发抖热得忘记了惊恐的兔子。我走过去看它，它没有任何反应，似乎炎热让兔子的胆子壮大了不少。又或者，它根本无暇顾及外界的“骚扰”。很多次，我甚至怀疑它被热晕了，如果不是它身体在抖，几乎认为它已经死了。我不知道谁这么养它，把它放在这里接受烧烤一样的暴晒，我忍住想把它放生的念头，不想让邻居以为我是个调皮捣蛋的幼稚女子。我不知道这算不算虚荣？

来到车棚前，那个兔笼果然还在。笼子里，大白兔正悠然吃着面前的青草。发现我来，它抬头望了一眼，继续吃它的美味，银灰色的胡须一抖一抖的，非常可爱。这么凉爽的天气，对它来说是多么难得。再过几天就立秋了，秋天到来，兔子就不这么热了，它的幸福生活就开始了。如今，兔子安好，便是在阴天。

朝它挥挥手，我走进了雨中。

清晨的小雨如此清爽，落在身上也算是悄无声息，抬起头来，很快打湿了脸庞。空气里弥漫着清新的气息。我喜欢这样的感觉，这让我感到踏实而振奋。身边有打伞的人经过，脚步匆匆，没有人会关注你在做什么，即使你像疯子一样的在淋雨。

小区里绿化很好。沿着曲曲折折林荫小道行走，我的心情仿佛也变得湿润了，所有的沉闷、所有的不快乐统统抛在了九霄云外。雨天我不喜欢打伞，只要不是瓢泼大雨，正好可以雨中漫步。晴天艳阳高照更不应该打伞，与自然亲密接触的每一分每一秒，都让人内心无比踏实。曾经有朋友劝告：刘，你应该出门打伞，不然夏季的阳光会伤你。我轻轻一笑：无非是晒黑一点，无非是皮肤不再那么白皙，又不是长时间暴晒，与太阳亲密接触接触有什么关系呢？我就是这么固执，阳光和阴雨都是大自然的恩赐，接受阳光沐浴，享受雨中漫步，于我都是幸福，岁月静好就是如此吧？

雨天，适合放松也适合矫情。这条曲曲弯弯的林荫小道，每天夜跑我都是一遍遍丈量。这里的一草一木我很熟悉，熟悉到清楚它占据的每一个位置；这里的一草一木我又是如此陌生，陌生到我想不起它们具体的模样。像这样的早晨，像这样空气清幽的天气，我难得有这样的机会，真正去观察去辨认去揣摩……

在小径的一角，我竟然发现了两株枝繁叶茂的摇钱树。去年，我在一个叫小九寨的地方第一次发现这树，它枯叶一样的颜色和青羽色两相交叉，加之绿叶的陪衬，一树三种颜色一下子吸引了我的目光。当时我问导游它是什么树？导游表示不认识，我就求助万能的朋友圈，有朋友告诉我这就是传说中的摇钱树。

回北京之后，发现一些街道上都是这种树，今天才发现小区里居然也有。这让我欣喜也让我羞愧。美景就在身边，竟然忽略了，摇钱树就在小区一隅，竟然是跑到外地才认得。

我以为自己忙碌、勤奋，已经很辛苦，却也常常忽略了很多。有多久没有陪母亲吃饭了？有多久没有和兄弟姐妹通电话了？有多久没有联系要好的朋友了？又有多久没有认认真真为自己做一餐饭了？

雨还在继续下，泪水却顺着脸颊流淌。裙裾已经湿透，一如这湿漉漉的早晨。也许，我应该有一次出游，让自己身心放松，也许我应该放下一切陪伴老妈，也许应该找个时间约会亲朋，也许我应该犒劳自己的胃，认认真真为自己做一次饭……太多太多的也许，太多太多的遗憾，让我内心深感不安。以后，我应该调整自己的时间和生活，努力把一个个也许变成一个个现实。

雨还在继续下，淋湿了长裙和长发，我知道我不能感冒，回家洗一个热水澡，再为自己准备一餐早饭，然后精精神神上班去。

于是，打道回府。

往事并不如烟

在外打拼多年，记忆最深刻的仍然是家乡那座小城。曾经以为已经忘却的往事，在回到小城的那一刻，刹那间鲜活起来，记忆如返青的小树苗一样疯长……

有些事情不是你想忘就能忘。只要你记忆力还在，只要你没有老年痴呆，那些曾经的过往，那些或苦或甜、或幸福或痛苦、或欢乐或悲伤的记忆都会在某一个特定的场合复苏。仿佛提示你什么，又仿佛告诉你什么，让你欣喜或者落泪，让你幸福或者忧伤。

回到小城，第一时间联系我的永远是我的那位铁姐们儿。当年，我和她一起走出校门，一起回到小城。她去了计生部门工作，我进了一家国有企业。虽然在国企，我干的是简单的没有丝毫技术含量的工作，日复一日年复一年，但我仍然感恩我的单位，毕竟我的青春我最好的年华都奉献在那里。

小城的生活散漫而舒适。很多时候，我和她一起去吃饭喝酒打牌。那时，她留着很酷的男孩子发型，穿着很潮的中性服装，骑一辆凤凰单车。我总是坐在她单车后座上，一手搂着她的腰，然后，我们一起去疯。有一次，晚上八点左右，我又坐在她单车后座上，非常开心地在大街上飞奔。正好我老公上初中一年级的侄女下晚自习走在回家的路上，小丫头看到一个“帅哥”载着我，以为发现了天大的秘密，回家告诉了她奶奶。到家之后，面对婆婆的责问，我愣在那里，一句话也说不出来。

第二天，我的铁姐们听说了这件事，二话没说买了礼物登门拜访，一声“大娘”，叫得婆婆眉开眼笑，一场家庭风暴就此烟消云散。多年以后，每每讲起此事，我和她仍然会哈哈大笑。

婆婆是个很强势且脾气暴躁的人，即便如今她躺在医院里的病床上，与她独处的时候，我还是会发怵。我知道，此生我再也无法挑战她的权威，也没有必要去挑战。但她疼爱孙子，也疼爱儿子，她依然是伟大的母亲。祝她早日康复！

时值深冬，天气寒冷。相比较而言，我还是喜欢北京的冬天，没有那么冷，也没有那么多的繁文缛节，一切规规整整井井有条。

远处有零星的鞭炮声响起，提醒人们新年将至。冬天即将过去，春天就要来临了。春暖花开的日子为期不远了，期待并祈祷。

大街上人潮涌动，大小街道都拥挤不堪，还是堵车，堵车！与北京一行行车不同的是，这儿堵得是一堆堆的。明明是已经堵车了，还有车见缝插针地钻进去，直到堵成一大堆。这场景可气又好笑！

好怀念那些年可以在大街上恣意飞奔的日子！

一帮子哥们儿姐们儿又找我打牌喝酒 K 歌，小城的日子就是这么安逸舒适纸醉金迷。昨夜，醉酒。头脑却无比清晰，小城生活的点点滴滴以及在外打拼的辛苦都一一浮现在眼前……这时候，我很明白：如烟散去的只有时间，很多东西都已经深深植入了记忆，任谁也无法抹去。

拿起手机，走进生活

十几年前的某一期《大家》杂志上，有一篇叫作《走进麦田，拿起手机》的文章，是文学评论家王干先生与小说作者张者的对话。谈论的主题好像是关于张者的小说《桃李》。时间过去了十几年，文章的内容和当年阅读文章的感受，早已经如流水落花杳无踪影了，只有那文章的标题还清晰地印在我的脑海里。我想，这大概是因为这标题实在怪异、实在惊艳的缘故吧！

作为农耕文明的符号，麦田是每一个有过农村生活背景的人终生难忘的，而作为信息时代象征的手机，则是当前信息文化的主要载体之一。这两种文明形态之间的距离，何止百年？何止千万里？然而在中国，仅仅30多年的时间，人们就跨越了百年的文明阻隔，从农耕文明一跃而进入信息时代。这是一个伟大的成就，也是一个巨大的挑战。

几乎是在《走进麦田，拿起手机》的同一时间，作家刘震云的《手机》以电影艺术的形式，生动而逼真地向人们展示了手机是如何改变了人的生活、人的情感，以及人和人之间的关系，展示了手机对人的深刻影响，对生活的深度干预。当年看完《手机》后很多人调侃说，要把手机扔了，不再用手机了！可事实是他们仍然乐此不疲地更新换代着自己的手机，生怕比别人落后，谈何扔掉？

手机已经成为今天人们生活中必不可少的东西，与之相连的是网络。网络和手机的联袂登台，历史性地改变了社会的进程和形态，改变了每个人的一切。不论是在大街上、地铁上、公交车上、餐厅里……甚至是在厕所里，手机都成为人们形影不离的东西，比父母儿女都更紧密更亲近更不离不弃。

很多年前，人们以汗牛充栋而自豪，今天，似乎没有人会在意藏书的多少，而只会在意读书的多少。知识的传播途径，从口口相传到书报刊，是一个飞跃式的进步；而从纸媒到广播、电视，则是工业文明的伟大成就之一。今天，当广播、电视退而居其次、网络和手机成为信息传播的主要手段时，现代信息文明的灿烂之花，似乎遍地开放并且硕果累累。

春暖花开的日子里，我走在大街上，看见一个年轻的妈妈刚从幼儿园接孩子回来。母女俩慢慢地走在大街上的形象滑稽而又意味深长，充满了时代特征和娱乐元素。年轻的妈妈衣着时髦。在她的肩头，是女儿画着灰太狼和喜羊羊图标的书包，那书包背在她身上与她的装扮神情相映衬，构造出一种非常滑稽的效果。然而更为滑稽的是她们的行为营造出来的动态画面，母亲拿着手机，聚精会神地低着头边玩边走，她的走完全是仗着对地形的熟悉，因为她基本上不看路只看手机，老马识途一样地低着头走走走。她身边的小女孩闷闷不乐，一边走路一边用目光扫荡着路边的小摊，寻找自己喜欢的零食，嘴里边嘟囔着要吃什么东西，可是母亲对她的话充耳不闻，她只是每走一段路就停下来等一下落在后面的女儿，眼睛依然盯着手机……

这样的生活画面，在今天任何一个小城市或者城镇，甚至是大都市里，每天都乐此不疲地上演着，无非更换了主角，变换了故事情节而已。早已司空见惯的人们为了应付这样的场面，不得不交代中学生儿子骑自行车一定要多看着点，别碰到在街上低头玩手机的人。过去我们交代孩子的是要注意安全，遵守规则，躲让汽车。现在多了一条：躲避玩手机的人……这不能不说是手机改变生活进程的又一个方面。

如同汽车，当人们简单地将它定位于代步工具的时候，人们就已经被这“代步工具”狠狠地戏弄了一把。譬如当尾气超排的时候，汽车已经变成了环保问题；当拥堵严重的时候，它又变成了交通问题；当杭州的“七十码”事件出来的时候，它摇身一变而成为安全问题和社会问题；当群情激昂的国人因为某个原因而打砸某国品牌的汽车事件发生之后，它又成为民族情感问题；还有当人们攀比着购买豪华车的时候，它就又变成其他更复杂的问题……怎么能简单地把它定位于代步工具呢？我想，手机也一样，时至今日，谁还会简单地把手机定位于通话工具呢？跟汽车相比，手机在改变人们生活形态、影响社会发展进程等方面的程度，比汽车更严重！毕竟不是人人都需要一辆汽车，人人都能买得起一辆汽车。而手机，则可以达到了人手一个、两个、甚至多个。

当手机已经不是手机而变成其他更复杂东西的时候，生活已经不是原来的生活而变成了被手机牵着走的玩偶。今天，每个人的生活都是从掏出手机开始，关掉手机结束。我不知道这是该喜？还是该忧？但我知道这就是今天的生活，今天的世界，今天的信息时代的所有。谁都不会例外。

写到这里的时候，手机忽然响了，虽然是深夜，但手机QQ依然活跃。我低头看，一位作者向我问好，并发来了他修改过的稿子。看，对于作者和编辑之间的沟通而言，手机变成了邮局或者传真，不，它比特快专递更快，比传真更清晰、更便捷。

开着“拖拉机”回北京

传统的春节，让诸多在外漂泊的游子魂牵梦萦，因而无怨无悔加入一年一度的“大迁移”大军中。路上的辛苦，漂泊的劳累，都在与家人的欢聚中烟消云散。然而，幸福的日子总是太短，随着除夕之夜的来临，新的一年也拉开了帷幕“爆竹声声辞旧岁，总把新桃换旧符”。过了正月初一，许多人开始准备归程。于是，在与亲人的依依惜别声中，在妈妈的泪眼婆娑中，强作欢颜，装作很大气的样子与家人告别，往往是转过身去却是红了眼眶。在送别的人群中，在浓浓的化不开的亲情中，离家的人儿或一人或三五成群或拖家带口，或公交或大巴或自驾或飞机，纷纷踏上归程。这一年农历正月初六早上八点半，我和姐姐、弟弟、弟妹及侄女一行五人与众多离家的游子一样，在家人的祝福声中驾车离开了家乡，开启返回北京的行程。

我们驾驶的车子缓缓驶出小城，仿佛是车子也懂得离别的伤感似的，行驶得特别抒情，让人的心情再添一份依恋。

想起儿子，他因为要读高中不得不留在老家……和许多许多少年一样，他的人生必须经历这个阶段，接受必要的教育，经历高考的选拔，在老家静默读书是为了以后能够展翅高飞……儿子，加油。

想起老妈，本来我们希望老妈能够还与我们一起返京，但是，她这次回到了家却不愿意再离开。对于老人来说，老家才是归宿，是得以心安的地方，只有在家，才有根的感觉。在家里，她可以想做什么就做什么，想吃什么就买什么，想去哪儿就去哪儿，可以和孩子一起看电视，可以翻晒早已不用的旧物件，可以在门口晒太阳，可以去门口的公园散步，可以和邻居阿姨一起去逛街，可以和卖菜的大妈聊天……只要过得开心，妈妈愿意在家就随她的意愿吧。希望妈妈快乐健康！妈妈，保重！

“天之涯，地之角，知交半零落。人生难得是欢聚，唯有别离多。”想起骊歌《送别》，不由得泪眼蒙眬。每年此时，每当别离，都会让人心中伤感，家乡，有太多太多的牵挂，太多太多的不舍，那些快乐的幸福的日子，那些忧伤的抑郁的情感，那些爱我的我爱的亲人，那些关心冷暖的朋友，那些如水交往的同事，那些曾经笑过闹过恨过哭过的往事……一幕幕浮现在眼前，随行驶的车子一起移动，移动……

车窗外，是同样行驶缓慢的车辆，朝前看去，早已排成了长龙。都说首都堵车严重，如今看来，车流行处，何处不堵呢？从老家周口到长垣县城，我们行驶了五个多小时还没出河南。长途劳顿，饥肠辘辘，沿途的服务区车满为患，我们决定下高速进长垣县城吃饭。到了饭店，点好饭菜，大人孩子都焦急等待。朋友发来信息，问及行程，我很无奈地回复：“到长垣县城了，我们在饭店吃饭。”

她回信息和我开起了玩笑：“五个多小时了才到长垣，你们开的是拖拉机吗？”

我把她的信息念给大家听，所有人都忍不住乐了：太形象了，车速是慢得像拖拉机一样啊。我们把越野车开成了拖拉机的速度，也是一件很有“技术含量”的事吧？

大人孩子填饱了肚子，我们出了长垣县城行驶进高速公路，道路仍然拥堵，值得安慰的是，我们都吃饱了，心情还都不错，慢就慢吧。看看高速公路上车如长龙，一个个排队似的，一步一挪，那是相当壮观。有人说，高速拥堵是因为免费的缘故，我认为这基本属于瞎扯。正月初七上班，正月初六到家是赶第二天上班的时间，收费不收费一样的车多，收费浪费时间说不定会让道路更堵。

驶进京港澳高速，道路的拥堵达到顶峰。这让众多返京的人都心急如焚，很多车子占用应急车道往前赶，结果同样被堵。让人更堵心的事是，车祸一起接连一起，很多是三连撞甚至更多，车祸一出，拥堵更厉害，我看到一辆奥迪 A6 被撞得完全变了形，我说："这车是报废了，但愿人平安就好。"

有什么比人人平安更重要的呢？大家互让一步，礼让三分，就会大大降低出事故的概率。超车赶速度甚至不惜占用应急车道，慌忙疾驶的结果是欲速则不达，造成车祸接二连三地发生，实在让人痛心。车多人多的时候，大家多一点耐心，别那么着急前进，即便是跑车开成了"拖拉机"的速度又有什么关系呢？

我们不着急，每到服务区就进去休息。大人孩子充分休息、吃饱喝足之后再上高速加入"移动"车一族，缓缓朝北京行进。虽然缓慢，但是车子毕竟一直在前进，经过一天的艰苦行军，我们在夜里十一点到达了衡水服务区。稍事休息之后，我们再次上路。道路拥堵得更厉害了，我不胜疲乏地进入了梦乡……梦中，我回到了公司，和同事一起开始为项目奔忙……书稿没有改好，我着急地冲那个女孩大声嚷嚷，眼看与客户的合同就要到期，这批书如果不能按时出版，后果将非常严重，情急之下，我急得喊出了声……惊醒之后，才发现还在车上，又一个小时过去了，时间已经到了凌晨，弟弟说，我们从服务区出来才行驶了不到两公里的路程。

望向车外，夜色深深，前面是望不到头的汽车尾灯的光芒。想起天亮之后要上班，想起手头的工作，我的内心开始无比焦躁。为让自己的心情平静下来，我开始默背《道德经》中的一章:“上善若水。水善利万物而不争，处众人之所恶，故几于道。居善地，心善渊，与善仁，言善信，政善治，事善能，动善时。夫唯不争，故无尤。”处在大家都讨厌的地方，应该保持沉静，老子的理论用在此时多么恰当！先人的处世哲学给予我们太多的启迪，教育我们越是在忙乱的时候越应该沉静，越是处在恶劣的环境越应该保持风度，所谓有修养的人像水就是如此吧！

“上善若水”有多少人能做到呢？如果归家的人们能够想起先祖的遗训，能够“夫唯不争”，行车途中能够沉静下来，不急不躁，怎么会有这么多的车祸发生呢？

又一个多小时过去了，在初七凌晨一点三十二分，我们的车子终于开进了我家小区的大门。弟弟把我送到楼下，才驱车离去。

我拉起行李箱走进家门，稍事休息，打开了电脑，向家人朋友留言报平安之后，敲击键盘，记录这次开“拖拉机”回北京的过程。

春天，想起了暖男

窗外已经是春天了。阳光和煦，草木发芽，清脆的鸟鸣中，天也悄悄变得湛蓝而轻快。站在窗前瞭望，感受着春天温暖的同时，我不由得想起一些人，一些事。思绪似乎在鸟鸣声中被春风吹得凌乱而明亮，充满着春天迷人的气质……

不知从何时起，“暖男”一词开始被人挂在嘴边，津津乐道。很多女性都梦想有一位暖男温暖自己。对于女人而言，备受呵护的感觉无疑是美妙而幸福的，暖男就好比贴身的小棉袄，他的暖甚至比春天更加重要，还有什么能比得了呢？

想起了暖男，自然就要想怎样的人才能算得上暖男。顾名思义，暖男是指温暖的男人，生活上体贴照顾，感情上百般呵护，工作上能够提供帮助，再由女人无限遐想延伸为“我需要时，你站出来；我困难时，你施以援手；经济上，你足够有底气；社交上，你八面玲珑；能力上，你足够强大……女人摆不平的事，你能摆平；女人做不到的事，你能做到。”说白了，暖男不仅绅士，而且神通广大，当属“男神”级别。没一定实力，再怎么努力也与暖男挂不上边。

似乎，女人都有一个“男神”梦，对于暖男都有无尽的幻想。当身边真的出现一个暖男的时候，那一份欣喜自是发乎肺腑。对于女人而言，有一个暖男的陪伴，那该是多么自豪多么幸运多么幸福的事情！可是有资格当“暖男”的男人，无一例外都是优质男人。所有优质男人，从帅哥到帅大叔，自身的魅力光芒四射，吸引了众多女人的目光，无形之中成了“公众资源”，有些暖男们在温暖一个女人的同时，心里也可能想着去温暖另外的女人，就像张爱玲笔下的绅士们一样，有了白玫瑰，还想要红玫瑰，摘了红玫瑰，又去抚桃弄柳……谁让他们有那个资本和实力，也有那个“雅兴”呢？如此看来，对于某个特定的女人而言，暖男似乎并不恒温。

和朋友讨论暖男一词，他却不屑一顾。这让我很惊讶！他说要看透暖男本质，再来看暖男现象。

他的话让我想起曹禺先生《雷雨》中的人物周朴园。在剧中，周朴园的太太繁漪有抑郁症，周朴园对她百般体贴，给她请了最好的医生，对她嘘寒问暖关怀备至，甚至连吃药这样的事情他都是亲力亲为，他把药倒到手里，又哄又劝，直到她把药吃下去为止。周朴园是海归博士，有钱有才且门庭显赫，在如今看来，是具备标准的暖男条件的。可是，在曹禺先生的笔下，他却是十足伪善而冷酷的资本家！他曾经买通警察，枪杀几十名工人；在与繁漪结婚前夜，他撵走了为他生育孩子的仆人侍萍，逼得侍萍和她的孩子投河自尽……从这方面看上去，这个具备暖男条件的绅士，似乎并不像人们想象的那样暖，而是披着“暖男”的外衣隐藏得很深的“伪君子”！

每一个女人，在做着携手暖男相伴一生美梦的同时，首先一定要看清楚暖男真容，千万别被周朴园式的伪暖男的甜言蜜语所蒙蔽，否则就在劫难逃，成为他用来装点门面并玩弄于股掌的繁漪，或者是被他用来泄一己之私欲而后再赶尽杀绝的侍萍。利益面前，人性的丑陋暴露无遗。

当然，周朴园只不过是小说中的人物，现实生活中，暖男之暖，让人心旷神怡，如沐春风。周朴园虽则并未绝迹，可真暖男也不乏其人，他们像春风一样应节吹绿人心的原野，吹散笼罩在人心的雾霾，把阳光和正能量送给每一个人。他们也许很普通，但一定很淳朴、很正直；他们也许不富有，但一定很慷慨、很热情；他们也许不绅士，没情调，但一定不会没人性、很冷酷……他们才是真正的暖男！真正的暖男有一颗温暖、光明、正直、勇敢、担当、慈爱、宽厚、睿智的心……一切人类最美好的情愫和行为，都在他们的言行中展露无遗，一切人们鄙视和憎恶的东西，永远与他们无关。真正的暖男是一种品行，和财富、身份、门第无关！

诗人说，“春风又绿江南岸，明月何时照我还？”望着满眼的春色，想着春风明月一样的暖男，在这个春天的日子里，突然有了快乐的心情。

路上的风景

夏天走了又来了，树叶黄了又绿了。四季的风景各不相同，每一季节的轮回都伴随着风雨、泥泞；每一步的行走都向着阳光迈进。路上的风景或风霜或雨雪，或春意盎然花团锦簇或绿树成荫生机勃勃，每一处的景色都带给人不同的美丽。

我爱这迷人的风景，我爱这烟火弥漫的尘世。可是，都市生活的快节奏，让人难得有这份闲情逸致，大多数的时间是在键盘的敲击声中度过。偶尔抬头，从办公桌前的窗口望去，窗外的天空竟然是那么高远、阳光煦暖、云淡风轻，于是，内心就有一种想要飞翔、想要远行的冲动……

有人说，再不任性我们就老了。我想说，我们已经过了任性的年龄了。虽然我不能去环游世界，但我脚踏实地地行走，一样能欣赏美妙的风景。只要有一双能发现美的眼睛，就能看到路上最美的景色。

下班之后，我常常会步行回家。在办公室坐了一天后，行走在路上，心里的愉悦自是不用言说。走出楼门，微风拂面，顿时让人神清气爽。路两旁的树木郁郁葱葱，微风过后，树叶沙沙作响，犹如轻轻流动的音符般动听，走过林荫大道，越过芳草萋萋的河堤，轻轻跳过河内那条石块铺就的小路，再穿过美景如画的森林公园，沿着果树飘香的河岸，穿过一个宽阔的桥洞，走过鲜花盛开的小道，穿行于垂柳飞扬的河水旁，这样的美景真让人产生人在画中走、画从仙境来的幻觉。

从单位到家，步行需要大约两个小时的时间。这两个小时是一天中最放松、最舒爽、最心情愉快的时候。从太阳下山到夜幕来临，我用最环保的方式回到家里，虽然感到有点累，但神清气爽、心情愉悦，翻看手机里拍下的照片，不由微笑：这才是真的说走就走的旅行呢，不耽误工作，不影响家人生活，不妨碍别人，不花钱，也不浪费资源，真正的“环保低碳，绿色出行”。

两个小时的路程，说长不长说短不短，却让我有足够的时间，梳理工作，思考人生。我轻松愉快地上路，散漫随性地行走，看得到绿色遍地，嗅得到芬芳花香，听得到小鸟歌唱……鸟语花香，水碧草青，行走其中，这景色怎一个美字了得？

行至林园深处，常常会在一个凉亭里坐下来休息一会儿。身旁不时有锻炼的人群走过，三三两两，或疾走或奔跑或优哉散步或边歌边舞，真是“公园小世界，人生大舞台”啊！

尤其是雨后，林园里更是风景旖旎，美不胜收：花团锦簇，苍松翠柏，杨柳依依，树叶青绿，百草丰茂，微风习习，心旷神怡。凉亭一角，一个白衣少女手捧一本书安静地坐在那里，那专注的神情仿佛一切都与她无关。静谧的世界，漂亮的女孩，使得这一切是那么和谐、那么温情。

古人一首《天净沙·夏》正是此情此景的真实写照：

云收雨过波添，
楼高水冷瓜甜，
绿树阴垂画檐。
纱橱藤簟，
玉人罗扇轻缣。

那个专注读书的女孩如诗话一般，和这雨后的世界一样清纯。这美丽的画面定格在我的脑海里，成为下班路上最美的一道风景。

走过春天，迎来夏天。每一天的行走，都感觉愉悦；每一次行走的路上，都会有新的感受。

从单位走到家，从家走到单位，脚步丈量的土地、眼光触及的地方无一不是风景。风景无限好，只是看心情。心情好了，一切都好了，不需要背包，迈开脚步，咱也能来一场说走就走的“旅行”。

第二辑

断 舍 离

断断即续续　舍舍即得得

选择即修行　生活即选择

断　舍　离

新买了一件旗袍，非常漂亮的湖蓝色，它不是传统意义上的旗袍，而是经过改良，到膝下长短，两边开短短的小叉，比较中规中矩的款式。穿上试了试，很是修身合体，自己感觉美滋滋。正是疫情期间，这么漂亮的旗袍也没有合适的地方去招摇，想想有点泄气，于是，把旗袍换下，拿衣服架撑起来，准备把它挂到衣柜里去。

打开衣柜，满满登登的全是衣服，再打开另外的衣柜，依然衣满为患。扒开衣架，试图找一个缝隙，把这件旗袍挂进去，结果却是徒劳，满满当当的衣柜居然找不出可以加塞的地方。把旗袍放在床上，我有些无奈地坐在那里，看着衣柜里五颜六色的衣服发呆。

据说，极简主义者提倡断舍离，就是把家里用不着的东西统统扔掉，衣服一年没穿过也要扔掉。这部分人提议，把家里百分之八十的东西都扔出去,从而有一个简洁舒适的居住环境。百分之八十的东西都扔掉，这未免太过夸张，对于普通的百姓来说，柴米油盐酱醋茶，这些东西不能少，各类生活用品也是日常生活中日积月累攒下来的，扔掉之后用什么？换新的吗？

生活用品不能扔掉，那么衣服可以考虑扔掉吧？

一些秋冬季的衣服一直挂在那里，有的貌似几年都没有摸过一次了，这些东西有些材质比较好，也有的因为是牌子货而舍不得扔掉，挂在那里成为鸡肋一样的风景，既占地方又没有用途，也许是时候舍弃掉它们了。

正自恍惚间，听得“砰砰砰”有人敲门。

我感觉奇怪：是谁敲门呢？在这个小区居住了十多年，邻里之间各自繁忙，平时根本没有任何交往，下班到家，各家都是房门紧闭，从来不会去打扰别人，当然也不会有人上门做客。

一边疑惑，一边犹豫着打开了房门。

一个很有气质的姐姐站在门口。

我说：“您好，请问您有什么事？”

她说：“您是这家的业主吗？”

我答：“是的。”

她说：“您赶快去做核酸检测，现在人员还不太多，这么热的天，让工作人员一直等也不好。”

我说：“好的，谢谢您，我马上过去。”

那位好看的姐姐告辞去了楼上，我换了鞋，拿上遮阳伞，戴好口罩出门。

走出楼门，热浪扑面而来。虽然是早上九点多钟，却是阳光晃眼，热气腾腾。

打开遮阳伞，快步走向小区内的检测点。

远远望去，已经有不少人在排队。

走到近前，我站在队末排队等候。

队伍共有两排，两排中间大约有两米的空隙，人与人之间都有黄色的分界线，上面写着是距离一米。

天气很热，大家很多都带有遮阳伞，没有慌乱，也没人加塞，后来的人们主动站在最后的位置。

队伍缓慢而有序地移动着，我回过头看看，身后已经排起了长长的队伍。再看看手机时间，已经过去了一个小时零十五分钟。我的脸上已经汗水直流，热得心里有点难受，看看前面，再有大概十多分钟就能轮到我了，于是，暗暗给自己鼓劲：不着急，马上就轮到了。

很快地，十分钟又过去了，我的前面是一家三口：一对年轻的爸妈带一个七八岁的小男孩。

检测分组进行，五个人一组。也就是说，我和前面的一家三口以及我身后的一位二十岁左右的小伙子是一组了。

转眼就轮到我们了。

工作人员走过来告诉我们，是我们五个一组，要先排好队，等上一组取样结束，这组就可以进去了。

这时候，一位老人走了过来。冲着这位工作人员大声嚷嚷："排队排队，还要排多久？你们没看到天这么热啊？做不完干吗通知我来？"

工作人员说："大家都在排队。"

我犹豫了一下，想着要不要让这位老人先取样，我到后面重新排队去。

正在思考，那位老人声音又提高了八度，说："知道排队，还通知我干吗？！你们不喊我，我就没准备来。喊来了你们速度这么慢，排队几十分钟了，想把人热死啊？"

我认真看看面前的这位老人：他大概六十七八岁的样子，说不上多么苍老，眼神却闪烁着莫名的戾气。

再看看面前的工作人员：她穿着厚厚的防护服，透过防护衣的面具，她脸上的汗水正如小溪一样地往下流淌。如果身体稍微不那么强壮，随时热晕的可能性很大。只看她一眼，我就心疼得不得了。

这个老人还在不依不饶地嚷她。

我内心无比愤怒，收回想要让给他先取样的念头，既然您老人家中气十足，还有力气骂人，排队等候自然不在话下。本姐姐不让了！

被训斥的工作人员不再说话，只是指挥人们依次排队入场。那位老人骂了一阵，见没人理他，骂骂咧咧地走了。

轮到我们五个人了。

走过去，手机扫码，登记信息，然后去取样。

一家三口中的爸爸扫完就走，妈妈拦住他说："别急，等等他们，我们五个是一组，要有团队精神。"

爸爸不好意思地冲我们笑笑，站在那里等待。

信息很快登记完毕，我们五个人依然是列队前进。

还是爸爸先取样，然后是那位年轻的妈妈，第三位才是那个七八岁的小男孩。

小男孩坐在椅子上，按医生要求，张嘴喊"啊"。医生很快取了样，小男孩显然感觉不适，他背过身去，干呕了一下，转过身对那位医生说："谢谢叔叔，您辛苦了。"

医生冲他点点头，示意我在他面前的椅子上坐下来。

采样很快，有轻微的不适，没有想象的那么难受。

采样结束，那一家三口正准备离开，我也跟在他们身后往前走。到了路口，小男孩冲我招手，说："阿姨，再见！"

"再见，小朋友！"我戴上口罩，冲他挥手说。

回到家里，心情仍然感觉不爽，那些医生、护士，现场的工作人员和志愿者，他们那么辛苦，这么热的天，这么毒辣的太阳，他们都穿着密不透风的防护服，一个个脸上汗水直流，隔着防护服都能感受到他们身上的腾腾热气，谁看到不心疼呢？为什么那个老人对他们态度却那么恶劣？他眼里的戾气从何而来呢？

想起前几天在小区门口，一个小伙子下楼到门口拿快递。快递小哥就等在门外不远处。

那个小伙儿拿了快递之后准备进门，工作人员给他测量了体温，然后，保安大哥让他出示证件。

小伙儿说："我就拿个快递，哪儿也没去。"

保安大哥说："我又不记得你是不是刚出去，你还是把出入证给我看一眼。"

小伙儿说："我就不算出门，看什么证件啊。"

一个要看，一个不给，结果两个人杠上了。

旁边做登记的那个工作人员过来说："他确实是刚过来拿快递，哪儿也没去，让他走吧。"

保安大哥无奈放行。

小伙儿走进小区大门以后，突然折返回来，走到保安大哥面前鞠了一个躬，说："大哥，对不起，我拿着出入证，刚才是我不对，不该和您杠，您也是为了大家，您也不容易。今天是我错了。"

说完，他从裤子口袋里拿出出入证让保安大哥看。

保安大哥连忙摆摆手，说："谢谢谢谢，谢谢您理解。"

周围的人都笑了。

看来，人与人之间多一点理解，没那么难啊。干吗要对别人横眉冷对呢？

再次想到断舍离。

有人对"断舍离"做出新的解释：断是断开不良情绪，舍是舍弃不良行为，离是离开戾气重的人。

想到这儿，我内心的不愉快一扫而光。我知道怎么处理那些久置不穿的旧衣服了。

回到家里，我马上动手，把柜子里那些旧衣服统统拿出来扔到地上，不管它是毛呢羊绒或者别的材质的大衣、风衣，还有羽绒服，共两大包分两次送到小区的旧衣回收处。

看着空起来的柜子，心情果然变得很好，愉快地把那件旗袍挂进衣柜里，整个柜子都变成了美得炫目的湖蓝色。

因为疫情，继续在家猫着，相信疫情很快就会结束。

新买的旗袍，挂在那里不穿，就这么看着，心情愉悦。

茹　素

我食素，是标准的素食主义者。屈指算来，我茹素已有十四年整，十四年来，素食伴我一路走来，给予了我生存的能量，给予了我简单生活的快乐。

素食主义者推崇的是绿色环保及食物的原汁原味。比如吃面，我喜欢白水煮面，吃一口面喝一口汤，满口都是粮食的芬芳；如果是咸面，就放入青菜和盐，不放油和味精及别的佐料，这样既保证了蔬菜的营养成分不会丢失，也保证了面的原味不会被破坏。饭后的水果可保证身体所需要的各种维生素，再辅以一些补血益气的食物，如姜丝、花生、大枣等，所以不必担心营养问题。我不食甜品及蛋类，这就让我的饮食更加简单。晚上加班需要消夜的时候，有一只水果或者干脆一只胡萝卜足矣，省去了消夜后洗洗涮涮的烦恼。

对于生活的极低要求让我对物价的变化不太敏感。当周围的人都在议论鱼肉蛋类等副食品价格暴涨时，我迟迟疑疑地问自己：肉很贵吗？鸡蛋很贵吗？我采购食物从来都是以瓜果蔬菜为主。对于素食主义者来说，青瓜梨枣永远都是百吃不厌的美味。和家人朋友一起吃饭时，满桌的鸡鸭鱼肉让人毫无食欲，我感兴趣的是摆在我面前的一碟青青葱葱的小菜和一碗玉米面粥，或者是一碗白水煮面。

简单的饮食让我感觉不到生活的压力，常年茹素让我收获了健康。当周围的同龄人甚至比我年轻的人在体检时查出了高血压、心脏病、血脂稠等疾病时，我身体的各项指标均显示正常。并且这些年，我的体重一直控制在较理想的水平；常年茹素还给了一份意外的惊喜，原来火暴的脾气不见了，取而代之的是性格中较温和的一面。与人相处没有针尖对麦芒的针锋相对，而是多了一份关怀和理解；与孩子相处，也多了一份耐心和宽容。我可以自豪地说：我从没有大声呵斥过孩子，更没有打骂过孩子！这也是让我赢得了孩子喜爱与尊重的原因之一。简单的生活也让人的思维变得简单了许多。爱就爱了，恨就恨了，爱过恨过就已足够。所谓的爱恨情仇风花雪月只不过是过眼烟云，稍纵即逝。置身于干干净净的大自然中，面对着眼前黑白分明的世界，我们还有什么烦恼不能忘却呢？

人生的道路上有过痛苦与迷惘，失意与彷徨，沉沦与挣扎，简单的素食让我感悟到事物本质的美好。在简单的生活中学会取与舍，用平和的心态对待荣与辱、悲与喜、得与失。忘记应该忘记的事情，感恩身边的每一个人，认真过好每一天。素食主义者所主张的修身养性应该就是如此吧。

推崇素食，更推崇那一种气定神闲、波澜不惊、从容淡定的生活态度。

儿时的味道

“少小离家老大回，乡音无改鬓毛衰。儿童相见不相识，笑问客从何处来。”这首诗总能勾起人浓浓的乡愁，让人无限惆怅，更加怀念家乡的山山水水，怀念那丢不掉的儿时的味道。

记得上小学三年级的时候，被学校抽去乡里参加一个比赛。由于年龄太小，爸爸带我一起去。把我送到指定的考场考试，爸爸在场外等我。考试很快结束了，从考场出来，我感觉非常开心，中午考的是语文，我最喜欢的科目自然考得不差。见我出来，爸爸很高兴，他没有问我考得怎么样，只是拉起我的手说要带我去玩。走到街上，我看什么都感到新奇，当时那空荡得有些萧条的大街是那么别具一格的美丽……不多久，街上两旁的小饭馆里飘出了饭菜的香味，我开始感到了饥饿，就把目光转向爸爸。爸爸笑眯眯地问我是不是饿了，我使劲点点头。爸爸拉着我的手走进了一家小饭馆。八十年代初期，乡镇集市上的小饭馆虽然简陋，几张老式方桌，几条木制长凳，就已经彰显出馆子的气派。在方桌旁坐下来，爸爸对老板说：“给我们来两碗醋焖小鱼，两个白面馍馍。”老板答应着去忙碌了。很快，室内弥漫着酸酸辣辣带着葱香的焖鱼的香味儿。不一会儿，焖鱼端上了桌，爸爸递给我一个大白馒头……那是一顿至今难忘的美味！此后乃至长大以后的若干年里，再也没有吃过那么美味的饭菜。每每去饭店吃饭，我都会点上一份醋焖小鱼——就是将小鱼蘸面粉糊糊后放进油锅里煎炸，葱姜辣椒等炝锅，加水，放进炸好的小鱼，盖锅盖焖上。但是，再也吃不出当年的味道。爱人也做过多次，仍然不是儿时记忆中的味道。

成年以后，很多儿时的记忆都渐渐淡忘，乃至消失不见，那碗醋焖小鱼的味道却深深留在心底。如今，当年的小街道早已不复存在，宽阔的柏油马路两旁高楼林立，那家简陋的小餐馆早已经没了踪迹。妈妈说，那时候家里条件不太好，吃啥都香，可能是你第一次下馆子，难以忘记吧。不排除这样的因素，但我仍然固执地相信，那种美味的存在一如儿时的味道。

春天的时候，我到皖南去组稿，青弋江畔的作者很热情，陪我去凭吊皖南事变遗址，缅怀革命先烈，瞻仰新四军军部旧址和叶挺将军的“将军楼”。从云岭回来，我们一行数人在泾县小小的街道上，边溜达边留意吃饭的地方。很多小馆子看起来不尽如人意，我们沿街一家家找下去。不知道走了多远，在一处比较僻静的地方，发现了一处刚开业的小餐馆，餐馆门前的彩带、横幅、热气球，还在热情地飘荡着招徕顾客，反正大家也都走累了，我说就这家吧。

一走进小院，我突然闻到了那种久违的、魂牵梦萦的、儿时的味道，那是香辣酸爽的醋焖小鱼的味道。老板娘忙着招呼我们，我也没听见她说些什么，我的思维霎时回到了儿时的那顿午餐……我兴奋地告诉大家，我闻到了儿时的味道了！大家都吃惊地看着我，打趣说：“儿时还有味道？啥子味道？奶腥味？”我顾不上解释，顾不上礼仪，闻香进厨房，看见年轻的厨师正在做一锅醋焖小鱼。我说：“就它了，要一大份！”

不大一会儿，饭菜端上来了，那醋焖小鱼居然是盆装的，热气腾腾，香气四溢，上面有翠绿的香菜点缀，色香诱人。我拿起筷子，慢慢夹起一条小鱼，轻轻咬一口，熟悉的香味弥漫口中。是这样的味道，没错儿！当年爸爸带我吃的醋焖小鱼就是这样的做法。我不再说话，仔细地品味着儿时的味道，那味道让我仿佛穿越回到了童年，爸爸的目光如水一样，他温暖的大手让我至今仍然感受到力量。而今，醋焖小鱼的味道是那么温暖亲切，只是物是人非，爸爸已经去世多年了。“树欲静而风不止，子欲养而亲不待。”低垂下头，长发遮住了脸，我的眼泪一滴滴落下来……

那天晚上，我们又去那家餐馆吃了一顿饭，又点了一大份醋焖小鱼。

美味如斯，恍如隔世。幼时与今昔，少年与成人，老父与阳光，我亦如当年。

所谓乡愁，不过如此。

返程的高铁上，我倚窗静思，回味着那一大盆醋焖小黄鱼。我想，也许这就是乡愁，无论在哪里都无法忘记家乡的味道。一桌一椅，一菜一饭，都能触动游子心底最柔软的部分。背井离乡的时候，最怀念的就是家乡的味道。离家久了，最思念的就是亲人。思念，让人眼泪成行。儿时的温暖，儿时的记忆，儿时那刻骨铭心的味道，都是爸爸给予的。爸爸去世已经多年，这种味道即使没法寻找也会永远伴随，在合适的时候蹦出来让我落泪……

意外的惊喜

从超市购得几只嫩玉米，准备煮一锅玉米犒劳一下自己的胃。

回到家之后，水洗，入锅，开火，看看熊熊火苗舔烧锅底，我的心情轻松愉快，一锅鲜嫩的玉米即将出锅，静等美味。看看还需要一段时间，我得找点事情打发等待的无聊时光。

靠在床头，读《阅微草堂笔记》卷十六《姑妄听之二》：《新齐谐》（即《子不语》之改名）载雄鸡卵事，今乃知竟实有之。其大如指顶，形似闽中落花生，不能正圆，外有斑点，向日映之，其中深红如琥珀，以点目眚，甚效。德少司空成，汪副宪承霈皆尝以是物合药。然不易得，一枚可以值十金。阿少司农迪斯曰："是虽罕睹，实亦人力所为。"以肥壮雄鸡闭笼中，纵群雌绕笼外，使相近而不能相接。久而精气抟结，自能成卵。此亦理所宜然。然鸡秉巽风之气，故食之发疮毒。

这段话为公鸡下蛋找到了出处，貌似是说公鸡下蛋绝不是空穴来风。并且这种蛋对治疗白内障很有效果，因此非常昂贵。还说公鸡蛋居然是人力造成的……读到这里，让人开心不已。正自己傻乎乎笑个不停，突然闻到一股糊玉米的味儿，猛然想起，锅里在煮玉米。连忙飞速下床，顾不上穿鞋，光脚往厨房里飞奔。来到厨房，看到锅已经浓烟滚滚，连忙关了燃灶，再拿起锅盖看，锅里水已经没了，煮的玉米如同在炉上烧烤的。此时，锅正热，不能加凉水，不然锅底会掉，锅就彻底报废了。

看看玉米，貌似还可以吃，黄黄嫩嫩的，上面并没有糊。应该是锅底的那部分玉米糊了。只能等锅不那么热了再察看。于是，我放下锅盖，走回卧室，靠在床头，继续阅读。

其卵以盛阳不泄，郁积而成，自必蕴热，不知何以反明目？又《本草》之所不载，医经之所未言，何以知其能明目？此则莫明其故矣。汪副宪曰："有以蛇卵售欺者，但映日不红，即为伪托。"亦不可不知也。

这又说明了公鸡成蛋的原因，且《本草纲目》没有记载，不知道为什么能明目。汪承霈说，有人用蛇蛋冒充公鸡蛋来骗人。

看来，只要有需求就会有欺骗，公鸡蛋大家没看到过，蛇蛋应该不少人看到过吧？这书上絮叨半天，还是白忙活，公鸡蛋真实存在吗？这也太荒诞了。

《阅微草堂笔记》讲述很多狐仙鬼怪，因果报应，但我不知道它为什么还讲公鸡生蛋呢？

再看看文章标题：姑妄听之。于是释然。

沈媪言：里有赵三者，与母俱佣于郭氏。母殁后年余，一夕，似梦非梦，闻母语曰："明日大雪，墙头当冻死一鸡，主人必与尔，尔慎勿食。我尝盗主人三百钱，冥司判为鸡以偿，今生卵足数而去也。"次日，果如所言。赵三不肯食，泣而埋之。反复穷诘，始吐其实。此数年内事也。然则世之供车骑受刲煮者，必有前因焉，人不知耳。此辈之狡黠攘窃者，亦必有后果焉，人不思耳。

看到不让吃鸡，让把死鸡给埋了这段，突然想起我的“烤玉米”。于是放下书本到厨房，看看锅里的玉米，果真没有糊，还能食用，不由得心情大好，哼一曲小调，来几句豫剧《花木兰从军》选段，“花木兰羞答答施礼拜上，尊一声贺元帅细听端详，我本名叫花木兰哪，是个女郎……”从锅里把玉米拿出来放进碟子里，端到客厅饭桌上，桌旁坐下，开始享用美食。这玉米外焦里嫩，入口筋道，甜香可口，除了挨锅底处真切糊了，不能吃之外，简直美翻了，火候恰恰好，再多一分则糊，少一分则生，真正的烧烤也把握不了那么好。

美食吃得津津有味，根本无暇顾及那只煮玉米的锅。玉米还好就行，至于锅么就暂且不管它了。根据以往经验，彻底冷下来之后，用洗洁精浸泡，多洗几遍应该就没有大问题了。因为煮粥或者练手艺，锅是牺牲了不少，好在这次与以往不同，意外吃到了“烤玉米”，且如此美味，真是上天眷顾。

孔子曰：食不语，寝不言。虽疏食菜羹，瓜祭，必齐如也。席不正，不坐。乡人饮酒，杖者出，斯出矣。乡人傩，朝服而立于阼阶。问人于他邦，再拜而送之。

以敬畏之心用餐，不影响别人也便于自己享用美食。

我想起老妈吃饭，很多时候，她把食物端上饭桌，从来不匆忙进食，而是放置一会儿，自己坐下休息那么一两分钟，然后才拿起筷子，慢慢吃饭，那是真正的慢条斯理、细嚼慢咽，期间绝对不会多言多语，我观察过多次，无论怎样，她都不会狼吞虎咽，而是优雅进食，绝不失态。

于她而言，这才是真的享用，而不仅仅是为了吃而吃。老妈会吃也会做，一双巧手几乎无所不能，无论再怎么平常的食材，到她手里也能变成不可多得的美味。老妈家厨房里的味道更是一种思念，一种浓浓的化不开的乡愁。

在朋友圈常见美女帅哥晒美食，我常常羡慕得几乎要哭了。会做饭的女生，温柔可爱，恭谦贤良，简直是仙女下凡，美艳不可方物，尤其是会做饭又会写文章的女生，更是女神级别；会做饭的男生，本身自带光芒，帅得简直冒泡。他们怎么就有那么一双灵巧的可爱的小手呢？再看看自己的厨艺，煮玉米就这么生生变成了“烧烤”。

看来，我应该搁置手中的《阅微草堂笔记》，静下心来，认认真真来研究研究菜谱了。

审美之美

审美是我常去的那家美发厅的名字，全称是：审美造型。因为北京市有多家连锁，被统称为审美。

说是常去，是因为这家店已经在小区附近广场开了数年，也算是老店，平时养护头发，换个发型，来这里很是方便。

疫情被封居家，头发如荒地的野草一样长且乱。吃了睡、睡了吃的幸福日子，像猪一样无忧无虑地生活，应了一句话：人闲长指甲，心闲长头发。无所事事的时光，让头发肆无忌惮地疯长。

等到解封，迫不及待地赶紧去审美造型整理一下头发。

接待我的是一位00后小伙子。看到他，我想起了我的儿子小宝，他很久没回家了，过得还好吗？他一直是一个乖巧懂事、彬彬有礼的小男孩。他也调皮，但从没有惹是生非，他力气很大，却从不与人打架。

想到此，我感觉有点开心，不管如何，生活还是比较美好的，母慈子孝的情形，总是让人心情愉悦，迷迷糊糊地在小伙子指定的位置坐下，他问我需要怎么整理头发？

我简短表达了诉求，告诉他："头发太长，有发叉，久不打理，太干枯，修发叉并护养头发。"

他抓起我的头发，认真地看了好久，然后告诉我：“你的头发有点花了，不如整理成同一个颜色，显得精神。”

我想也是，就听从了他的建议。

于是，打理护养修剪发叉，然后染色。

长时间地等待之后，终于可以洗发、吹干。

小伙给我吹头发的时候，我发现不对劲，问他：“我要的是和原来头发一样的颜色，现在这颜色怎么不对呀？”

小伙说：“还没干，等吹干颜色就变黄了。”

我心想：就两个月没来这店，技术这么先进了吗？还会变魔术了，这么深的颜色还能变黄？

头发慢慢干了，颜色更奇怪了，居然由深变浅灰再变青变绿。我揉揉眼睛，再看：没错，是青色泛着绿光的头发。

这个颜色我看到过。

我二姐家附近“小胖超市”的老板娘就是这颜色的头发。

当时，我进了那个小超市买东西，看到年轻的老板娘头顶着绿油油的头发，差点亮瞎我的双眼，但人家年轻，张扬个性，绿头发就绿吧。反正是女生，如果是男生，尤其中年男人，你给他弄个绿头发，他肯定翻脸打人。

想到这儿，我忍不住笑了，说：“小伙子，我的头发是黄色的，你怎么给我染成绿色了？”

小伙子没说话，然后店长过来了，说：“姐，这颜色太漂亮，太时尚了，真好看呀。”

我说;“如果年轻二十岁，且喜欢非主流，这颜色绝对拉风，可我这样的年龄，这颜色驾驭不住呀。”

店长继续说：“姐，真是很漂亮，你为啥非要黄色呢？这个颜色是最流行的呢。”

我说：“我不适合这个颜色，也不喜欢。”

店长继续说："姐，要不您先这样，如果实在不喜欢等一周后您再来，免费换颜色。"

我笑笑问他："就这么头顶着绿色的大草原出去吗？我有勇气走出这个门，让大家围观我头上的绿帽子吗？"

另外的几个理发师还有顾客都笑了，店长笑得脸上的皱纹成了菊花。

做头发的小伙子走过来说："姐，确实不好看，我重新给您变回来吧。"

然后，他拿来发型图片让我挑选颜色。

我说："不用那么麻烦，就我原来头发色就行。"

他说："原来的黄色盖不住这个颜色，只能是栗棕色。"

这个颜色有点深，做成之后是很黑的那种，不可能是我头发原来的颜色了。

没办法，小伙子说了，原来色浅，遮盖不住那绿油油的青色。

宁可黑成焦炭，不可绿油油一片。黑就黑吧。

于是，小伙子重复工作，我无奈地坐在那里，戴上耳机听歌。

时间到了，小伙子给我洗头。

我问他："会不会因此扣你工资？如果扣你工资，我还是付双份钱好了，别让他扣你钱。"

他说："是店长递给我的发剂，他给错了，不会扣我的工资，我不能收您双份钱，浪费了您的时间，又不是您想要的黄色，真对不起。"

我想起了儿子小宝，差点眼泪流下来，这个小伙子和小宝年龄相仿，他怎么出错，我也不忍心怪罪他。哪怕绿色的头发，他不给换回来，我也不会发火，因为这个年龄也是需要父母呵护的年龄，他能自食其力，已经很棒了。就像我的小宝，虽然在同一个城市，他却不与我一起居住，只要他愿意，我可以让他啃老。可是，他不屑于啃老，一直很努力，很努力。

记得中考结束那年暑假，我问他："儿子，暑假期间，你是补课，还是打工？"

他说："我打工。"

于是，他就去打工了。

高一高二寒暑假一直到高考结束，等待分数的日子，他也是去打工了。

他阳光，温暖，积极上进，能吃苦，也愿意劳动，这样的好孩子我怎么能不爱他？

正自恍惚间，小伙子说："姐，您帮我个忙办张卡吧，一张两千元，我本次就可以给您五折优惠。"

我没有犹豫，直接答应了，理发店总是要来的，头发护理修剪也是免不了的，办张卡既帮助了这小伙子，又可以打折，何乐而不为？

头发吹干之后，果真是黑得发亮的颜色。兜兜转转，回归本色，这也是天意吧。

到收银台交钱办卡，然后转身离开。

走在回家的路上，我不时地看我的长发，这么黑这么黑，黑得让我感觉羞涩。庆幸的是，它终于不再是绿油油的颜色。

理 发

“除却三千烦恼丝，终身伴佛青灯前”讲的是女士抛却红尘，剪去头发，出家为尼的意思。佛家称头发为烦恼丝，剪去之后烦恼也就没有了。

通常意义上的剪发和烦恼没有太大关系，只是该理发了，仅此而已。

头发长了，不去理发，在这个意义上说，烦恼也就来了。一头乱糟糟的头发，看起来蓬头垢面，狼狈至极，去理个发，马上神采奕奕、精神焕发。

我是习惯了长发，进美发厅不是理发，而是为了发型，或者为了给头发做个护理。

美发厅是隔长不短就要去的。

近阶段，头发掉得很多，梳头的时候一根根粘在梳子上，我的烦恼因此而生：如此以往，会不会成了秃子？心中越是忐忑，再掉头发的时候，就莫名感觉心疼，每掉一根头发，好像在扯肉一样，疼得人肝都颤抖了。

和大姐聊天的时候，讲了自己的这个烦恼。

她轻描淡写地说：“你该理发了，把头发剪短，喏，”她指指自己的头发，“就像我的头发这么短，根本就不掉头发。”

她剪着一头干练的短发，人很精神，看起来也很年轻。但她的脸型和她的短发很搭，如果我把头发剪成这样，会是什么效果呢？

不管剪短发是什么效果，我的长发发梢有了不少分叉，也该去美发厅去做护理了。

于是，在一个闲得无聊的中午，我走进了常去的那家美发厅。

年轻的理发师很热情地问我："姐，剪发还是做发型？"

"修修发叉。"我脱口而出。

把留了这么多年的长发剪去，无疑是在拿刀剜我的肉，我根本做不到。

于是，洗头，吹风，然后，那个帅小伙开始认真地修剪发叉。

想起来有一年春节，我回到老家过节。家乡有个习俗，年前必须理发，一来预示新年来了，剪去晦气和烦恼，有一个新的开始；二来就是祈祷舅舅长命百岁。

在我们那里，不出正月，无论男女都是不能理发的，民间有"正月理发死舅舅之说"，所以，年前要把头发理好，年后一个月不能动头发。谁敢在正月里剪头发，看他妈不打死他，他舅舅也不能轻饶他。

为了祈祷新年新气象，也为了祝福舅舅健康长寿，虽然理发店人满为患，我还是加入了排队等候理发的队伍。

终于轮到我了，一个理发师走上来正准备打招呼，从他后面跳出来一个人，殷勤地笑着问我："姐，你是剪头发还是做发型呢？"

被他挡在身后的那个理发师稍微愣了一下，看了他一眼，转身离开招呼别的客人去了。

我看着眼前这位笑容可掬的年轻人，也没有多想，就回答他说："我是洗洗头，修修发叉。"

他说："来，姐，我先帮您洗头。"

随他一起来到洗头间，很快洗好头，他用毛巾把我的长头发包起来，然后到理发厅坐下来。

年轻小伙儿拿起吹风机，很快吹干了头发。

见他拿出了剪刀，我再次说："我只修修发梢上的叉叉，不剪发。"

他说："您放心吧，我一定给您修好。"

他把我的长发抓在手里，左右比画了很久，开始修剪。

差不多半个小时过去了，他还在修。

我心里有点忐忑：修个发梢要这么久啊？

于是问他："你不会把我头发剪短了吧？"

他说："哪能呢，我只是在修。姐，你这头发开叉也太厉害了，不好好修修影响美观了呢。别着急，一会儿就好。"

于是，他前后左右比画了再比画，又开始修剪。

看着地上散落一地的碎头发，我明白我遇上了新手，我的头发成了他练手艺的实验基地。

我说："小师傅，差不多得了，你别把我头发剪秃了。大过年的，我没法见人。"

他冲着我有点尴尬地笑笑说："姐，修好了。你看可以不可以？"

我站起来看着镜子里的自己，吃惊得张大了嘴巴。

我齐腰的长发，被他生生剪掉了大半，只剩下到肩头这么短了。

我心里难受死了，但事已至此，我也不准备发火：毕竟他也忙乎了大半天，再者，一个剪发师傅总要有机会实地操作，他选中了我的头发，也算我的长发成就了他的手艺吧！

要来了一个镜子，我转过身去，通过墙上的镜子看看后面的头发剪成了什么样子。

这么一看不打紧，我被镜子里后背上的头发吓呆了。

原来齐腰的长发短到齐肩也就算了，在正中间的部分，头发有一个大豁子，对，是一个大豁子，两边长，中间豁出来一大块。估计这个人是想捣鼓一个什么时髦发型，给大家露一手，结果失手了，就成了一个大豁子。

我气得说不出话来，眼泪吧嗒吧嗒往下掉。

他慌了："姐，不满意再修，你别哭啊。"

店长闻讯赶来，问怎么了？

我没有说话。

店长看看我的头发，连忙道歉："姐，对不起，对不起，我来给你重新修，并且这次给你免单。"

我默默地在椅子上坐下来。

他重新给我修剪。

很快修完，头发已经成了短发，只到耳朵后那么长了。

我一直留长发，习惯的东西很难改变。齐腰的长发一下子修剪得这么短，我的心都快碎了，眼睛一直在流泪。

老板娘也出来了，一个劲儿地道歉，并且再三说给我免单。

我还是没有说话，径直走向收银台，把费用如数交上。然后，转身离开。

从那以后，那个理发店我再也没有去过一次。

也是从那次以后，我对修剪头发有了一些恐惧，不到万不得已，不轻易修剪。修剪的时候，我会再三叮嘱理发师，只是修修分叉，千万不要剪短了。

这次来修剪头发也不例外，当我又一次申明只是修修不是剪头发时，年轻的理发师笑了："姐，您又不是第一次来，哪次不是按您的要求呢？”

想想也是，是我多疑，“一朝被蛇咬，十年怕井绳了”。

很快修完头发，整个人精神了很多。这才是我满意的发型。

看起来三千烦恼丝会继续伴随，烦恼或者喜悦也会一直存在。烦恼就烦恼吧，头发的烦恼是甜蜜的烦恼，只要不落发为尼，这长发会一直留下来。

我的长发伴随我多年，它已经是我身体的一部分，我爱惜它犹如爱惜眼睛和口鼻，怎么能舍得把它剪短呢？

依然是长发，梳头的时候依然会掉头发。掉就掉吧，头发还多，还没有秃的迹象，这让我欣慰。

修身养性

心绪浮躁的时候，常常读一篇《道德经》，读完之后，会感觉暂时的安宁。过后不久即恢复常态，心情会受外界的干扰，面对冷言冷语，面对恶劣的态度或者工作中的不顺利，自己还是会烦躁会着急会心烦意乱。我知道自己修为不够，远远不能做到“宠辱不惊看庭前花开花落，去留无意望天空云卷云舒”。我是个世俗的女子，不能免俗，开心时会笑，伤心时会哭，遇到挫折时会感觉孤独和无助，要应付人情世事，要赚钱养孩子养自己，一切的一切都证明我需要好好修身养性，以提高自己，力争做到沉着稳重，心静如水。

每天晚饭后，我抽出两个小时的时间来练字，一个小时练毛笔字，一个小时练钢笔字。坐在书桌前，我手拿毛笔一笔一画非常认真练习毛笔字的时候，我的心渐渐地平静下来，无论之前我的内心是多么烦躁，几张字写下来之后，我心内的狂躁会消失不见，取而代之的是一颗沉静安稳的心。这时候，我妈安静地坐在我的对面，神情专注地看我书写，我每写完一张，妈妈会拿过去认认真真地看上好久，仿佛她真的认识字似的。我喜欢这样的感觉，好像回到小时候，妈妈看我写作业一样，我的内心溢满幸福。这样温馨的时刻让我感觉自己就是一个幼小的孩子，是一个备受妈妈宠爱的小女孩儿。想起一首古诗，并随手把它写下来，“慈母手中线，游子身上衣。临行密密缝，意恐迟迟归。谁言寸草心，报得三春晖。”献给敬爱的妈妈，祝福妈妈健康快乐、如意吉祥！

一个人在外打拼，那么辛苦那么努力还不就是为了让家人生活得好一点？不就是为了让孩子生活得快乐让老人安享晚年吗？我有什么理由去烦躁去矫情去无病呻吟呢？只要孩子上进妈妈快乐，自己辛苦一点又有什么关系呢？生活没有亏待我，孩子乖巧，妈妈健康，这是上天的馈赠，让我有时间有精力在每一个傍晚，在妈妈慈爱的目光中铺纸蘸墨、挥毫书写。这样的时光静谧而美好，让人的内心满是温暖与感动，不得不感恩生活的赐予！

在外打拼的这些年，我感觉自己最大的收获是学会了宽容与理解，能够站在对方的立场上去思考问题，烦恼相对减少了很多，原来的心浮气躁渐渐变得心绪平静，在不断的学习中让自己得到了提升。年龄的增长让自己看淡了许多人或者事，不再为小事动怒，不再为些许的不顺心而怨天尤人。想起过往，那时候会因为有谁讽刺过自己、有谁无视过自己、甚至孩子哭闹等等诸如此类的小事而大光其火，甚至哭哭啼啼。当初那些感觉无法承受的负累，那些悲观消极的思想，那些诸如领导给自己小鞋穿、同事幸灾乐祸、家人不关心自己等等鸡毛蒜皮的小事，如今想来，其实根本不值一提。蓦然明白：不是事情有多糟糕，也不是别人有多么差劲，实在是因为自己修为不够所致啊。正所谓“世上本无事，庸人自扰之”！

生活中的烦恼无处不在，工作中谁也不可能一帆风顺，遇到困难的时候，我还是会急躁、愤怒，甚至也会落泪，好在我学会了自我调节，明白了怨天尤人没有丝毫作用，急于求成只能让事情变得更糟。面对生活、工作中林林总总的如意与不如意、快乐与烦恼、成功与失败，我需要修炼自己，努力修身养性，“不以物喜，不以己悲”这样的境界也许是很高尚了吧？也许，我永远做不到先人所说的那种至高无上的修养，更没有“先天下之忧而忧，后天下之乐而乐”的博大胸怀，但这丝毫不影响个人追求安稳、内心沉静的生活品质。写字的时候，我感觉自己就是生活的主人，自己就是这个世界的全部。所有的浮华喧嚣，一切的烦恼与不如意统统都不存在了。读不进书的时候，写不出文章的时候，我铺开纸张拿起笔写字，一笔一画之间写下的是安静，收获的是快乐。

两个小时的字练下来，感觉有点累，但是，神清气爽，心情舒泰。修身养性，应是如此吧！

记忆格式化

在我QQ上的好友中，有一位名叫记忆格式化。当初，就因为这个特别的名字，我点了同意加其为好友。喜欢的是这个名字，至于他为什么叫此名以及有关这人的所有信息，我统统没有了解的欲望。他只是一个名字，安静地待在我的好友列表里，仅此而已。

这是个有点带刺的名字。

有时候文字真的能扎人。看到这五个字的时候，我感觉自己的心被轻轻地扎了一下，有点疼有点酸有点失落也有点伤感。不知道是什么样的事情让这个人如此受伤，亲情、友情，抑或爱情？或者什么都不是，仅仅是一个名字罢了。人生在世，谁能一帆风顺？谁又能没有烦恼？悲欢离合生生死死恩恩怨怨，哪个人能躲得了一个“情”字？

民国才女张爱玲在她的小说《倾城之恋》中，将一个“情”字演绎得淋漓尽致，把爱情与亲情描写得入木三分，让人感慨万分、唏嘘不已。小说中的女主人公白流苏离婚之后在娘家受尽白眼和屈辱，为了再嫁不惜讨好范柳原。如果说两个人开始尚有调情的成分，当战争的兵荒马乱之中两人相依相靠的时候，竟也产生了平凡夫妻的“真情”。

张爱玲在这篇小说中，给予离婚后的白流苏以深切的同情；对于在英国出生并成长的范柳原则表现出一种比较暧昧的看法。说他“花心”吧，当战争的炮火无情袭来的时候，他也没有忘记一个男人的责任，也记得找“妻子”白流苏一同返回上海。两个人在战乱之中竟也产生了“患难”情分。白流苏终究情有所归成了范柳原名正言顺的妻子，从此生活无忧。这让原来对她倍加歧视的娘家人也感到“眼红”。

张爱玲为白流苏安排了这么一个美好的结局，而对于她和胡兰成的感情却让她极受伤。年长张爱玲十四岁的胡兰成也曾信誓旦旦地说“生死契阔，与子相悦，执子之手，与子偕老”。两个人在婚书上写着“愿使岁月静好，现世安稳”。但胡兰成还是背叛了她。这段婚姻仅仅维持了四年。胡兰成当初追求她时已有妻儿，她应该想到，他为了她可以不要妻儿，也可以为了别的女人不要她。天性风流的胡兰成带给张爱玲的是心头永远拂不去的伤痛。张爱玲后远走他国，一代才女最终客死他乡，一生也没能走出她自己的《倾城之恋》。

张爱玲用暖暖的世俗烟火，氤氲情感；用细致入微的描写，展现生活。这个至性至情的女子耗尽炽烈的情感也终没有抓住浪子胡兰成的心。在她晚年孤独度日的时候，她是否有过懊悔？是否也想忘掉曾经的伤害、让记忆格式化呢？

也许有过，也许没有……

面对电脑屏幕，思维游离在九天之外。发呆的时候一如格式化了的记忆，雪白的世界没有一丝的尘埃。此时，时光静止，人生幸福。我享受这种幸福，不用哭不用笑，不用应酬不用辛苦不用拼搏，不用思维也不用智慧。也许这只是一种幻想抑或是南柯一梦。光和声音的刺激，以及生活的鸡飞狗跳让人躲无可躲、藏无可藏，这是可以格式化的吗？总有那么一些人那么一些事那么一些文字，或者干脆是一段音乐来触动你的视觉，拨动你的心弦，让你哭让你笑，让你幸福让你痛苦，让你豪情万丈让你无可奈何，让你孤独和寂寞。我认为我看透了红尘，生命于我毫无意义。也许，生命的尽头是另一种辉煌，极乐的世界是再一种永生。佛说，彼岸花，永远在彼岸悠然绽放。当你的眼中只有彼岸的花朵，你便想不顾一切地去追逐美丽。我愿意去追逐美丽，让生命绽放成一束迷人的烟花。“桃花帘外开仍旧，帘中人比黄花瘦。”黛玉的哀叹幽幽怨怨，仿佛是对生命的再一次召唤。前面就是河流，跳下去便成就了美丽。可是，人生没有彩排，每一刻的生活都是现场直播，每一场现场直播都会有家人朋友陪同……人活着不是单独的个体，责任与义务，亲情与爱情，爱情与友谊……受伤也罢痛苦也罢，快乐也罢悲愁也罢，幸福也罢仇恨也罢，植入记忆的总是最刻骨铭心的爱恨，有多少爱能够重来？有多少恨能随风飘去？在记忆的长河中泛起涟漪的都是永远不能忘记的事情，有谁能真的忘记一切、将记忆格式化？

我的师傅说：“一切宗教，对智者是星斗和镜子，对迷途的羔羊，是致命的毒草和虚幻的梦想。彼岸此岸绝无不同，因为都需要我们去感知，此岸感知不到的幸福，彼岸同样是虚无。一个智者的智慧，不是对死的默想，而是对生的沉思。舍此，生命就只是生活。”活着，就是要赋予人生一种意义，即便疼痛又如何。

奔走在人生的路上，肩负着满满的责任，跌倒、爬起，行走、奔跑，每一次的努力都有意义，不懈地坚持才有希望走向胜利。我用自己的努力获得一份安定——内心的安定，生活的安定。回过头来，再想想曾经让自己伤心欲绝的往事，这才发现所有的一切不过如此，曾经让自己痛苦万分的事情，居然有几分好笑。原来，时间可以淡化一切；积极面对人生，才发现“无限风光在险峰”。

人生总有不如意，灰暗的日子也许都曾有过。有些事情可以忘记，有些事情却植入记忆让人刻骨铭心。想要忘记的恰恰是最无法忘记的。

也许，应该格式化的不是记忆，而是自己对人生的态度。

诠释爱情

佛说，红尘中，多少永生永世的誓言，终成谎言；人世间，多少相濡以沫的缠绵，总归江湖相忘。缘来是你，缘去是空，这世间原本就没有什么可以永恒，前世今生，都只不过是你我各自的修为罢了。

也许这是对爱情最好的诠释吧。

人到中年，再不敢碰触感情，也很难相信世界上会有真的爱情。直到我读到一本有关爱情的书。这样的年龄很难被虚无的爱情所感动，但这本书讲述的是男鬼女鬼的爱情，既然非人类，权且相信一回爱情吧。

“我是一个死去了的人，所以我是一个女鬼。”在《我是一个女鬼》这本书中，作者以略带调侃的轻松语气这么写道。来到奈何桥上，却不想喝下孟婆汤，不愿忘却前世的承诺，和相爱的人白首相依虽死不离。奈何桥上无可奈何的等待，让阴阳两界的爱情充满无奈！

书中女鬼以鬼的眼光看世界，发现了诺言的不可靠。阳间的那个爱人活得潇洒快乐，怀中抱着他新婚的妻子，所谓奈何桥上等待的团聚已成过眼云烟。女鬼倍感受伤想要喝下孟婆汤，忘却前世今生，来生愿意投胎做猪被杀被屠也不愿意做人忍受痛苦，真是鬼头鬼脑想出的鬼言鬼语，说出鬼话连篇。

然而，人虽无情鬼却有义。另一男鬼李海涛放弃前世恩怨娶下女鬼为鬼妻，继而生下鬼子。李海涛为鬼们的正义事业而奋斗不息，谁知好鬼没好报，李海涛还是被当权者打入地狱，（奇怪了，鬼不是生活在地狱里吗？再打入地狱还能到哪儿去？）这让鬼妻顿生豪迈鬼情，不惜给孟婆请客送鬼币，也要随鬼夫同下地狱，一家大小鬼们终在地狱得以团聚。

有爱鬼相伴，地狱的生活也美好如天堂！这鬼爱真可谓是惊天地泣鬼神了。

这本书以活泼轻松的语言话生死，以幽默搞笑的方式诠释了爱情。所谓死亡，不过是另一种生命的开始。鬼在鬼门关活得也不轻松，也要面对鬼是鬼非；面对天堂与地狱的巨大差别，也要鬼命不休奋斗不止!鬼男鬼女的爱情也要遭受非鬼的考验，与爱鬼同入地狱也是鬼们最无奈的选择！

小女子感叹：既然做鬼也这么难，还是好生做人吧！

第三辑

在路上

我走，我看
我思，我言
远方是梦的故乡
脚下是路的起点

南方以南

——海南走笔

一

我们开的车子行驶在陵水去三亚的路上。我坐在副驾座上，打开车窗，任温暖的风吹拂脸颊。这一次没有晕车，心情如春天的花海般美丽。道路两旁是笔直高耸的油棕树和一晃而过的椰树林，穿过林木看去，香蕉田里的香蕉树青葱茂密，好像内陆的玉米地一样，不同的是玉米有青葱有成熟有枯黄，有收获也有砍伐和重新种植，而香蕉树没有这么多的麻烦，成熟了采摘，然后再结果再采摘，如此往复，生生不息。突然羡慕生长在这儿的人们，可以从从容容地采摘，可以从从容容地生活。

这个季节，北方还是冰天雪地，寒风刺骨，而这儿则青葱翠绿，生机勃勃。

突然，盛开的木棉花闯入眼帘，那些火一样红的颜色，和刚才的翠绿形成了鲜明的对比，在远处绿色的映衬下，给人以强烈的视觉冲击。

木棉花谢了之后，结出了棉絮，棉絮系结在大树上，是长在树上的棉花，木棉花因此得名。

木棉，南国特有的树木，木质非常坚韧。花开时，花朵火红热烈张扬高调地绽放枝头，花期一过它干脆利落地落土，不会有半点凋零的颓势，花朵可以入食，又能入药，有清热解毒的功能。

说起木棉花，当地流传很多故事，最著名的传说就是：古时候五指山有位黎族老英雄叫吉贝，经常带领族人击退外来民族的侵犯。在一次战斗中，吉贝被叛徒出卖，遭敌人抓获。敌人把他绑在木棉树上进行严刑拷打，吉贝宁死不屈决不投降，后来被残忍杀害。老英雄被杀之后，化作了一棵高大挺拔的木棉树，仍然守卫和保护着这片富饶的土地。

五指山距离三亚只有八十多公里，五指山市是有名的“翡翠山城”，因海南岛上最高山峰五指山而得名，因为木棉树的传说，让我对五指山又多了一份向往。

五指山还在，吉贝还在，这火红火红的木棉花就是英雄吉贝存在的象征。

暖风在吹，车子在行驶，道路两旁不停地变换景色，抬头望去，天空湛蓝，白云缥缈。热带风光是如此让人心绪飞扬。

进入三亚市，又是另一番景色，没有内陆城市的摩天大楼，只有热带城市的安静祥和。房屋在高大的树木中静静站立，绿树环绕，鲜花盛开，草木葱茏，静谧而低调。这样的环境，这儿优哉游哉的人们，无不昭示着这个优美城市的内涵与文化。

在市区内，我们的车子缓慢行驶，没有嘈杂，没有喧嚣，我们唯恐自己的唐突到来会打扰到这份美丽与静好，我尽情地呼吸着这清新干净的空气，眼睛被美景所包围，心情被热带风光所迷醉。

一闪而过，我看到了路旁南方电网的标志。和国家电网的绿色标志不同，南方电网的标志是蓝色的，外形类似于汉字“电”，说明南方电网的行业特质；标志向两方延展的线条应该是蕴涵畅通顺达之意，蓝色竖直的线条为电塔和电网的抽象形，蕴涵顶天立地之意。同时象征五省互动互联，是极具发展潜力的电网。

虽然不属于一个系统，但电力人的情怀是一样的。多年来养成的习惯，无论走到哪个城市，对于电力总是有更多的关注。

看到电网，仿佛看到了默默付出的电力同行，一个城市的发展，一个城市的生存与生命，都离不开电力的保障。这么美的三亚，有电力人奋斗的身影，霓虹灯下，彩虹桥上，黑夜与白天，电力人都在。

电网公司已经远离，我的思绪还没有回归。眼睛盯着那里看了很久，直到南方电网的标志消失在我的视线中。

二

“阳光、沙滩、海浪、仙人掌，还有一位老船长。”

当年，一首《外婆的澎湖湾》红遍天际。

大人孩子都能哼唱这首歌。和这首歌一起深入人心的，就是歌里所唱的那种美景。

阳光和沙滩成了一种浪漫的标志，海浪和仙人掌成了一种美丽的风景，而那个老船长已经走进了太多太多人的心里。

这种浪漫，这种美景，这个无所不能的船长，也是我心底的一个梦想。

虽然不是第一次到海边，但南海之美，无与伦比。

光脚行走在沙滩上，阳光照耀得人睁不开眼睛，周围并没有仙人掌，开游艇的是一个帅得冒泡的年轻人。

看游艇近了又远了，海水涨了又退了。那个游艇上的小帅哥一晃就走了，留下游艇洁白傲娇的身姿。

我对自己笑了笑，然后朝着大海挥了挥手。

海风吹拂，我的长发已经乱成了一团草。这个时候，我不想让任何人看到我如此狼狈的样子。

家人同行。大姐家的小黄豆开心得蹦蹦跳跳，有孩子在的地方，快乐总是加倍。

我怔怔地看着她，好像在看着年幼的自己。

我妈从容地站在一旁，这个爱美而又时尚的老太太，永远是那么从容，那么淡定，仿佛常居海边的人一样，对于风浪对于帆船，她的眼神里是温和与温暖。

我常常惊讶于老妈的淡定，在过去物质生活并不富裕的年代里，面对艰苦面对贫穷，老妈总是乐观面对，从来没有见她惊慌失措过。

如今，她站在那里，面朝大海，海水到了脚下，她不慌不忙地后退，退了几步，仍然眺望远方。

远处，天海一色；近处，儿女承欢膝下。对于她，是不是一种幸福呢？

赶海，并没有收获什么。手里拿的赶海工具并没有用上，因为涨潮，也因为不知道怎么寻找海货，有人收获了海鲜，而我们赶海赶了个寂寞。

也好，阳光照耀，海风正好，和家人一起玩耍不是难得的享受吗？

三

游艇上。

大姐和她的小黄豆在一楼垂钓。

我陪老妈一起坐在三楼边吃水果边聊天。

我告诉她，这个大海最深处有 5559 米。

我还告诉她，我们国家可以填海造地。老妈问：“海还能造地啊？”我说：“能啊，现在填海采用吹填的方式。就是用专用的吹填船在距离海岸比较远的海面用泵将海底的沙和水一起冲起来，同时用另外一台泵把这个含沙量很高的泥水通过管道抽到靠近海岸边需要吹填的区域，等到水流走之后，沙就留在吹填区了，不断地重复吹填，填海造地就成功啦。”

老妈静静地听着，感慨着说：“人真能。”

我还告诉她，南海有很多岛礁，有的有驻军，有的没有。

我侃侃而谈，老妈听得津津有味。

海风柔和，不时有游艇从不远处驶过。观光的人或拍照或录像或有人垂钓。

钓鱼是钓不到的，大家都如小黄豆一样好奇，想体验体验罢了。

游轮晃晃悠悠，老妈疲倦袭来，躺在沙发上睡了。我拿起一件衣服给她盖上，看她眯上眼睛休息。

在海之深处，游轮在慢腾腾地晃悠。我的胃里翻江倒海般难受。赶紧在另外一个沙发上躺下来，顿时感觉舒服了很多。

瓦蓝的天空和大海连成了一片，分不清哪是天空哪是大海，白云近在眼前仿佛触手可及。

我躺在那里看着蓝天，看着躺在一旁休息的老妈，内心升腾起无限的快乐和幸福。仿佛回到小时候，在妈妈的怀里撒娇，那一种感觉甜到流蜜。老妈在，我就是孩子；老妈在，心就安定；老妈在，幸福就在。

此刻，我就是这个世界上最幸福的人。

想起一首歌《南海姑娘》：

椰风挑动银浪
夕阳躲云偷看
看见金色的沙滩上
独坐一位美丽的姑娘
眼睛星样灿烂
眉似新月弯弯
穿着一件红色的纱笼
红得像她嘴上的槟榔
她在轻叹
叹那无情郎
想到泪汪汪
湿了红色纱笼白衣裳
哎呀 南海姑娘
何必太过悲伤

此时，我想，如果真的有过这么一位南海姑娘，她，还会忧伤吗？

如果她有妈妈的陪伴，她一定是幸福的、没有忧伤的吧？

游轮在大海上漂荡，我在这美景里沦陷。

突然，游轮猛地震了一下，我来不及思考，直接从沙发上跳起来，伸手扶住老妈。老妈已经醒来，正在那里看头顶的蓝天，被猝不及防的游轮震动吓了一跳，好在我及时扶住她，她没有从沙发上摔下来。我把她从沙发上扶起来，拉着她坐在我身边。

原来，游轮重新启航，我们要返程了。

航行了五十多分钟我们才到岸，我搀扶住老妈，对小黄豆说："走，小黄豆，咱们找馆子吃饭去。"

欣赏完美景，再品尝美食。这个世界必须有诗和远方，美景和美食都不可错过。

四

傍晚时分，我们去山上看落日。

四面环山，不知名的湖水平静如镜面。

落日镶嵌在两山中间，好像和山一起落在了湖里。

余晖朦朦胧胧，群山默默陪伴，湖水静止不动。这一幅图画如梦如幻，恍如隔世一般。

造物主是如此神奇，把自然界造得如此美妙，让欣赏它的人目不暇接。

“瀑布杉松常带雨，夕阳苍翠忽成岚”王维的这句诗意境已经很美了，但和眼前的美景比起来，这诗词也黯然失色了。

落日渐渐消失，沉没在夜色中。

落日余晖图却绘进了我的脑海里，再也驱逐不去。

恋恋不舍地驱车离开，返程路上是点点星光。

路两旁的田地里，居然是一个一个明明灭灭的灯光。

侄子告诉我，那有荧荧灯光的地方是火龙果田地。

植株的发育需要光照，晚上也要开着很多灯，就是给火龙果补光，增加光合作用，这样能够帮助积累更多的可食用部分。

原来，火龙果也需要如此呵护。冰心在诗中说：“成功的花，人们只惊羡她现实的明艳，然而当初她的芽儿，浸透了奋斗的泪泉，洒遍了牺牲的血雨。”当我们享用火龙果的时候，只关心它的色彩靓丽不靓丽，它的口感是否清甜爽口，甚至以为它就是大自然的恩赐，它就是风一吹，呼地一下就长大了。没有想到果农还有这么多辛苦在里头。

夜色苍茫。空气里弥漫着各种果香的味道，白天看到的各种果树此时静悄悄地躲在黑暗中。木瓜挤满树丫，枝枝丫丫随处悬挂的波罗蜜，密密麻麻挂在枝丫处的椰子，压弯了腰的香蕉树，果实累累的芒果园……这些果农的辛苦在这一刻似乎都隐藏不见了，只有微风吹来在黑夜里飘逸着的果香让人心醉。

回到住处，我喝了一个大椰子，又吃了木瓜和芒果，有食物可以尽情享用，这样的感觉真让人满足。

“每逢佳节胖三斤”这句话让人会心一笑，然后心满意足地睡觉去了。

夜晚，我做了一个梦，梦到了英雄吉贝，梦到了南海姑娘，也梦到了大海和帆船。吉贝没有死，一句话没有说，就那么看着我，眼神慈祥而坚定；南海姑娘在向我招手，她没有悲伤，面带微笑，目光溢彩。我乘上帆船驶向大海，目标是海之南……

神秘喀纳斯

在祖国北疆的最边陲有一个美丽的高山湖泊——喀纳斯湖。它与哈萨克斯坦、蒙古国及俄罗斯三国接壤，它的周围分布着大大小小三百个湖泊，空中俯瞰，一个个湖泊宛若一颗颗晶莹剔透的蓝色宝石，精美绝伦。群山环抱之中，谷幽湖深，茂密的原始森林倒映水中，为美丽的喀纳斯湖再加了几分神秘色彩。

带着一种探究和好奇的心情走进喀纳斯景区，映入我眼帘的是梦幻般的美丽：蜿蜒曲折的盘山公路仿佛将入云端，一旁山坡陡峭，另一旁草疏林密。让人惊奇的是，树上的树叶均是向下生长，片片下翻的树叶在阳光下闪耀着波涛一样的银光。茂密的原始森林静静地守卫在清澈的湖水旁，朴实善良的图瓦人世世代代居住在这里，人与自然和谐相处，构成了一幅优美的图画。走上喀纳斯大桥，桥下的湖水让人称奇：桥的一方水流湍急，另一方却平静如镜没有一丝波纹。平静的水面颜色随时间的变化而变化，或碧或墨或银，水随光动，波伴风行。是名副其实的“变色湖”。

在湖边的木凳上坐下来，看远方白云朵朵在林中穿行，眼前碧波荡漾水溅银光，身后古木参天苍松翠柏。一切的一切让我有一种不真实的感觉，仿佛梦里仿佛仙境仿佛世外桃源。原始的山林，原始的绿色植被以及这块未被开发的土地，让这个巨大的湖泊显得更为神秘。湖的最深处达 197 米，是传说中水怪出没的地方。是水怪是巨鱼或是巨蛇，让每一个来到喀纳斯的人都想一探究竟。奈何，天不遂人愿，水最深处，那神秘的动物静静地潜伏，仿佛在等待某个特殊时刻的到来。也许在不久的将来，它耐不住寂寞，会在阳光明媚的春天探出神秘的头颅，向湖边的人们点头示好，成为人类永远的朋友。

湖水静静地流淌，每一个波纹就是一个传说，每一片银光下都蕴藏着一个谜语。古老而又神秘的喀纳斯湖以其独特的景观，未曾开发利用的丰富水资源，茂密的原始森林和原始的生态植被，让这块被当地人称之为“神的自留地”的地方，成为一处真正的“世外桃源”。

风云果子沟

2007年那次果子沟之行，充满惊险与刺激。经过那次旅行，果子沟的历史变迁和风景传说，在我脑海里变得无比清晰。

我们驾车从赛里木湖出发，一路往南朝果子沟的方向行驶。之前从资料知道果子沟的另一个名字是塔勒奇达坂，是一条北上赛里木湖、南下伊犁河谷的著名峡谷孔道，全长28千米。果子沟以野果多而得名，沟内峰峦耸峙、峡谷回转、松杉青翠枝繁叶茂、果树遍地丛生、各种野花竞相开放、瀑布壮美、涌泉清澈，风光秀丽美不胜收，清人祁韵士赞为“奇绝仙境”，素有“伊犁第一景”之称。古人赋诗赞其“山水之奇，媲于桂林，崖石之怪，胜于雁岩”。

如此美景，这样的旅程让人满怀期待。我仿佛看到漫山遍野的果树果实累累，人在沟中游，花团锦簇，果实飘香，抬头是蓝天白云，身边是瓜果环绕，想想都让人陶醉。心情好了晕车也不那么厉害了，我开始把从书上看到的有关果子沟的传说讲给孩子们听。正说得开心，车子已经行驶到果子沟沟顶，来不及说话，车子已经缓缓往沟底行驶。我这才反应过来，从窗口往外看去，这一看不由得大惊失色，下面是陡峭山崖，松树青葱尽在脚底，前面窄窄的道路蜿蜒曲折，对面有车辆上攀时更是让人心惊胆寒，两车相遇擦肩而过，各自的车轮都是紧挨悬崖边上，稍有不慎后果不堪设想。孩子、老妈、爱人，我们一家五口都在车上，早知如此凶险，无论如何也不来果子沟。至此，我懊悔得肠子都青了，停车不可能，返回更不可能，唯一能做的就是闭上眼睛把命运交给司机。此时，车子像蜗牛一样行驶，感受得到司机专注而高度紧张的心情。孩子们没有想这些，看着车窗外的景色兴高采烈地讨论着。我抓住妈妈的手，紧张得冷汗直流，妈妈小声安慰我，说司机是当地人常常跑这道，没有任何问题。我附和着妈妈说："没事没事，司机常走这道。大家看看，蓝天白云触手可及，苍松翠柏都在脚下，两边怪石嶙峋难得一见，美景不可多得，不可多得。"

一遍遍赞美着美丽的景色，我用这些话安慰着自己和家人，内心却紧张万分，感觉自己的心脏快要跳出胸膛了。时间过得真慢啊！树木从脚下慢慢越过来，到脚踝，到腿部，到眼前，一分一秒都很漫长，路旁的石块参差交错，有的半空而立，仿佛随时会断裂开来；有的突出石壁，好像随时会滚落；有的如犬牙龇出，形状怪异。脚下的山路凹凸不平，颠簸极度，艰险异常。

经过两个多小时的艰苦跋涉，车子终于行驶到了沟底。我长舒一口气，这才把提到嗓子眼儿的心给落下去，对司机师傅既敬佩又感激。到了沟底，一行人都下了车，孩子们问我："妈妈，果子沟怎么不见一棵果树？"

的确是，沟底道路稍微平坦了些，道路潮湿，偶有少量积水，四周高山岩石，没有发现果树的踪迹。沟底四周甚至没有太多人烟，更没有商店、饭店之类，也没有一个卖茶水的人。抬头四处张望，山上也是松杉树为多，没见鲜花，没有一棵果树。原来，果子沟的果树只存在于人们的记忆中，只生长在历史书卷中的上一页。

随行的当地朋友告诉我们说，当年成吉思汗的次子将果子沟天险打通，不仅加快了进军作战的步伐，为成吉思汗夺得江山做出了贡献，更重要的是打开了通向伊犁河流域的道路，为古丝路新北道找到一条捷径。在果子沟天险未打通之前，古丝路新北道是由现在的塔城和博尔塔拉进入楚河流域的碎叶城等地；果子沟天险凿通后，中西商旅和友好使节，就选择果子沟这条大道了。元、清两朝政府都在果子沟驻军把守，并设驿站为过往官兵、商旅服务。尤其是到了清朝，乾隆皇帝平定了盘踞在伊犁河畔的惠远城，建立了伊犁将军府以统辖巴尔喀什湖以东以南和天山南北广大地区。之后，清政府又在这沟谷中设立了头台、二台两座驿站，负责传递朝廷政令及边防军情。那时，果子沟人来客往算得上车水马龙，保持了很长一段时间的繁华。

后来，由于战乱，果子沟渐渐荒凉，重新成为一道天险屏障，将伊犁与外界分割开来。直到中华人民共和国成立后，人民解放军进驻新疆，在果子沟开山辟路，克服难以想象的困难，用最原始的工具生生凿出一条盘山公路，并在荒凉的山上植树造林，从此果子沟重新焕发了生机。20 世纪 90 年代，果子沟修建了二级公路。即便如此，果子沟依然是相当艰险的地方。同行的当地朋友从小生活在伊犁河畔，对于果子沟他是再熟悉不过，他告诉我们说：“果子沟春秋满是泥泞，夏天常常山洪，冬天会有雪崩，环境极其恶劣，条件相当艰苦。”

果子沟与外界联络，依靠的是险象环生的盘山路，路边是陡峭的悬崖和深谷。车从此处通过，司机紧张得直冒冷汗，乘客胆战心惊，曾被伊犁人称为“鬼门沟”。

在去果子沟之前，我对果子沟的理解过于理想化。如果先前了解到这些情况，也许，我就不会来果子沟冒险了。不过也好，此次惊险旅程让我看清了果子沟的真实面貌，更难得的是，通过果子沟，我们一家到了霍尔果斯口岸，看到了祖国的西北大门，又从霍尔果斯口岸到达了伊犁，欣赏到秀美的塞外风光。

梦幻天池

在天池旁的石阶坐下来，看池水波纹涟涟银光闪闪；对面山上，白雪皑皑，云雾朦胧；一侧山上芳草萋萋，宛若秋末；一侧山上苍松翠柏，碧绿清幽；身旁阳光明媚，夏风习习，一方池水包揽四季。美若虚幻，让人窃喜为误入仙境。清澈冷冽的池水更是美艳得让人不忍手掬，唯恐世俗的污浊会玷污了她的圣洁。此时，来时对盘山公路的恐惧、眩晕以及耳鸣头疼的高原反应都被抛却脑后，所有龌龊、所有烦恼、所有酸甜苦辣都被荡涤一空，还人生一方净土。

一侧山上，一方光滑的大石块在苍松翠柏中分外显耀，那是王母娘娘的梳妆台，而天池作为王母娘娘的洗澡盆也承载了一个凄美的传说。

据说，王母娘娘身为部落首领美艳无比，与周穆王相遇天山，做了三年恩爱情侣。穆王终因国事返周，临行前许诺安排好国事定来与王母厮守一生，男人豪迈而去，王母痴盼情郎，伊人望穿秋水，终不见穆王践约，空留遗憾，为世人哀叹。诗人李商隐诗曰："瑶池阿母倚窗开，黄竹歌声动地哀。八骏日行三万里，穆王何事不重来。"而今，伊人已站成雕像，穆王何在？

天山之美，使美女甘守孤灯；瑶池之灵，让伊人得道成仙。然丈夫英雄，终为名利所累，引得后人声声叹息。真是“此情可待成追忆，只是当时已惘然”了。

从台阶上站起来，背对天池拾阶登山，至王母庙内，顶礼膜拜，无关信仰，只因虔诚。瑶池因传说而神秘，天山因灵异而成就天池，这方池水养育着周边世世代代的疆人，也让慕名而来的游客沉醉其中。

站在山顶上俯瞰天池，群山环抱中的天池安详、静美、清澈冷冽的池水在阳光下熠熠生辉，头顶上的云彩仿佛触手可及，山和水如此完美地结合，难怪王母娘娘能够忍受千年寂寞，终在灵动的山水中得道升天。

山有灵异，圣水清澈，绵延不绝的天山山脉延续了更多的传奇。江山秀美，人亦风流！勤劳善良的新疆各族人民为了天山更美丽的明天而努力，而奋斗！

眼前，云雾迷蒙；脚下碧水银光。人在山中走，云在身旁行，宛若梦里闯入仙境，那感觉是说不出来的美妙。

神奇的天山啊，神秘的天池，让人如何不爱你？

富饶的边陲小城

在祖国西北边陲有一个富饶的小城——富蕴县城。这个只有九万人口的小城却拥有辽阔的幅员，有茂密的原始森林、一望无际的大草原、充裕的水资源，矿产资源尤为丰富。金银铜铁以及稀有金属分布量很大。著名的八一钢铁集团及宝钢集团在这里都有生产基地，世界上最大的稀有金属矿区也分布在这里。

在戈壁滩，我见到了正在工作着的采金者，与传统的淘金方式不同，他们应用的是较先进的采金技术，这是一套自动生产流水线。据说，这么一条小的生产线每天泥土的吞吐量是四百车（中型挖土机），大的生产线每天“消化”的泥土量会更大。在工作现场，我看到几块较大的戈壁滩玉石被随意堆在一旁，而那些小块的玉石则随着滚滚泥流重新归隐去。这些大面积的戈壁滩，被这些采金者以极低的价格从牧民手中购买来，然后在很短的时间内将其变成真正的荒漠，对生态环境的破坏无疑是致命的。轰隆隆的推土机扬起的沙土让人睁不开眼睛，我用披肩蒙住了头脸。正在遭受摧残的戈壁滩本就很脆弱的生态植被让我的心很痛很痛。

在距离富蕴县城约一百公里的地方，分布着世界上最大的稀有金属矿区。原来，这里是紧紧相连的三座大山。如今，中间的一座已被挖成大坑。站在坑沿向下望去，正在开采着的挖土机比实际小了很多倍，按这个估算，这个坑应该有千米的深度吧！

走过稀有金属矿区，我们到了可可托海国家地质公园，这里水清山高，原始森林密布。两旁山上，我发现了许多大小不一的石洞，同行的朋友告诉我，这里是宝石矿区，这些石洞是宝石开采者留下的奇特景观，悬崖峭壁上那一道道白线便是“宝石线”，采宝者就是沿着这条线采出宝石的。我想，他们在光滑的石壁上开采，攀缘技术绝对一流，说不定一不小心还能练成武林高手呢。看起来财富和能力成正比这话一点也不假。

由于矿产资源特别丰富，这里也汇集了大批非法开采者。许多人上演了一夜暴富的神话，这些非法开采者只为利益，对矿产及生态的破坏极为严重。由于地广人稀，地势险恶，有些地方至今没有公路，这也给执法者执法带来极大困难。

丰富的矿产带动了当地的餐饮业及运输业高速发展，许多人因此致了富。这个只有九万人口的小城，每年上缴国家利税九亿多元人民币，可谓是边陲最富饶的小城之一。

在富蕴县境内也有许多新开发的旅游景点，如可可托海国家地质公园等等。如今，许多从事游牧业的哈萨克族和蒙古族牧民也不再过游牧生活。国家给予他们很多优惠政策，帮助他们发家致富，过上了安稳的生活。旅游业的发展，使这些世代以游牧生活为主的牧民把目光投向了草原以外的世界。这些少数民族同胞住在看起来毫不起眼的毡房或者蒙古包内，里面的陈设却极其奢华，手工纯羊毛地毯和壁毯制作极为精美，其价值让我们普通人咋舌，许多毡房或蒙古包外停放着小轿车、小货车或摩托车作为运输和代步工具，绝大多数人使用手机，坚强的国家电网连接着每一个山头、戈壁滩和大草原，现代化的高速公路将这里与其他省市紧密相连。在这里各族人民和睦共处。生活安定，环境优美，处处显示出一派和平稳定、欣欣向荣的景象。

阿勒泰的淘金者

关于阿勒泰，关于祖国西北边陲那片广袤的土地，以及那戈壁滩上的人物和风情，我有很多要说的话题。然而静定深思，印象最深的还是那些淘金者们，他们是这片荒原的传奇，是民间故事的主角，是阿勒泰浑茫的自然背景上生猛的形象，茅盾先生《风景谈》里说，自然是美好的，然而自然中最美好的风景是人的活动。阿勒泰的“淘金者”就是美好的人类活动的片段之一。在其后的岁月里，这些片段总是在一些时候闪回我的脑际，让我无论身在何处，都似乎回到了苍茫的戈壁滩上，去观赏这些冒险家们痴迷地采撷黄金之花的疯狂举动……

在此之前，淘金者在我的印象中一直是模糊的、神秘的，并附带一种莫名的悲剧色彩。到了阿勒泰，便想对淘金者一探究竟。朋友认识一位老板，湖南人，瘦小、白净，说一口湖南口音的普通话，开一辆九成新的商务车。从他身上看不到淘金者受苦受难的影子，倒有着商人一样精明的谈吐和眼神。我说我想亲眼看看淘金的场地和真正的淘金人，他很爽快地答应了我的请求，并义务当起了我们的司机兼向导。他驾驶着商务车不疾不徐地驶过干净宽阔的公路，驶向茫茫戈壁滩。车子的颠簸让人的神经一并兴奋起来。两个多小时以后，我们来到了他的淘金场。

和传统的手工淘金不同，这是一条淘金生产线，采用的是机械化淘金工艺。一辆中型挖土车从附近运来一车车含金的沙土倒进隆隆的生产线中，沙土在水流的冲击下随着传输带滚下；一旁有两个人守候着“筛子”，水流冲刷之后的沙金会自动过滤到“筛子”里。用披巾护住了头脸，我小心翼翼下到“坑底”与守“筛子”的两个淘金者交谈。这一老一少的两个淘金人均来自湖南。他们这条生产线共有五个人：一人负责看机器（维修等），他们两人负责“筛金”，另外两个人负责“成金”（筛出的小金粒用化学物质合成大块金子）。轮流换班做饭，他们吃住都在工地。我认真地看着面前的这两个人，不敢判断其真实年龄，只是一位稍显年轻，一个明显年老。长时间的强烈日照使得他们的皮肤失去了应有的色泽，闪耀着非洲人一样黑亮的光芒，晃得我眼睛模糊一片。年轻点的淘金者还告诉我，再过一个多小时就可以看到金子了。我不敢想象自己在烈日下暴晒一个多小时会是什么感觉，连忙逃也似的“上岸”。

“岸上”另一旁，有一个几十平方米大小的人工深坑，坑内有一个简易的毡房，这就是五位淘金者吃饭睡觉的地方。不能想象，如遇大风沙暴风雨雪天气，这个小毡房能有多少安全系数？站在机器旁，湖南老板对我说：“看到没？那条生产线也是我的。”顺着他手指的方向看去，不远的前方果真有机车在奔忙。我在心里算了一下：两条生产线成本大约三十四万元；挖机每辆月租金是四万元，两辆月租八万元；工人工资每人每月三千元，十个人是三万；从牧民手中买地也就是每亩两万元左右；加上发电机以及工人吃饭等开销，总投入差不多五十万元。每天平均出产黄金最少四百克，每克按二百八十元算，一天下来就是十多万元的收入，用不了五天就能收回成本。这么一算，眼前这位老板收入不可小觑。巨额的利润吸引着来自五湖四海的淘金者前赴后继地赶来。

需要说明的是，这些淘金人都是非法开采者。一夜暴富的心理让许多人铤而走险加入淘金者的行列。茫茫戈壁滩，造就了许多富翁，也成就了一批穷光蛋。有的人拿出家底投了进去，结果，因为沙金含量低欲罢不能赔了个血本无归；也有人投入了设备及人力物力，被警方查获，将设备就地销毁，发财梦连同设备一起灰飞烟灭。新疆地广人稀，荒漠地带更是警力不足，一定程度上为这些非法淘金者提供了可乘之机。有的人靠着头脑活络机灵就与当地警方打起了“游击战”。比如：面前的这位老板，就是在“游击战”中成长起来的“精英”。几年前，此君只是一个普通的打工者，当了老板之后，很快积累了不少财富，在阿勒泰市买了房和车，也把孩子老婆从湖南农村接来，过上了衣食无忧的生活。

类似这么一条小生产线，对当地的生态环境造成了严重破坏。这些非法的开采，也引起了当地牧民的不满，为和谐社会带来了不和谐因素。同时，淘金者自身也要长期居住无人区，没有合理的作息制度，不仅要忍受“与世隔绝”的孤独，还要面对恶劣的自然环境及自然灾害带来的危险。一旦出事，老板往往会与他们的家人私下解决，赔些钱完事，人身安全得不到保障。除去吃饭住宿，每月净赚三千块钱，对于一个农民工来说又是一个天大的诱惑。所以，老板们不愁招不到工人。工人招来，经过简单的培训便可上岗，老板只在固定的时间去收金子，别的时间根本不在工地。万一被警方发现，只损失一些设备，“群龙无首”，警方又不能抓农民工，老板本人很难受到法律的制裁。当然这中间也许还有别的猫腻，不然，“常在河边走，哪有不湿鞋”的人？对于我的提问，面前的“金”老板笑而不答。

走近“淘金者”，了解其中详情，让我的心情格外沉重。回来的路上，我因为晕车而一路狂吐不已。于是我打开车窗，在狂吐之后的恹恹状态下，琢磨着淘金者的故事，回忆此行的点点滴滴……

月亮姑娘

在我的记忆里，有一片美丽的大草原，那是新疆伊犁的那拉提草原。在那片开满格桑花的茫茫草地上，蓝天白云之下，有一双美丽的大眼睛像一泓清泉，时时刻刻在我的记忆中闪亮着。

我先后四次游历过新疆，几乎走遍了北疆的山山水水，那里壮美的景色和奇特的民族风情都给我留下深刻的印象。尤让我难忘的，是那拉提草原的那次奇遇，以及那个名叫哈尔哈莎的哈萨克族女孩儿。

2009年暑假，我带着儿子走进了那拉提草原。那天是阴天，雾蒙蒙的天空飘着蚕丝一样的小雨。由于天气的缘故，游客稀少，牵着马的牧民一个个前来招徕生意。儿子想体验策马扬鞭的感觉，和一位蒙古族汉子谈好价格，儿子便兴致勃勃地练习骑马去了。

我站在草地上观望，感觉天气很冷，不由得裹紧了身上的披肩。突然，我感觉有人在轻轻拉我的衣服，转过身去，迎上一双亮晶晶的大眼睛，那眼睛像一泓清泉，一望之下就让人的心顷刻间清澈、融化。拉我衣服的是一个十岁左右的小女孩，穿一身青色套装，短头发，皮肤白皙，脸上盛开着两朵高原红，高高的鼻梁，深深的眼窝，一双又大又亮的眼睛闪烁着期待的光芒。我四周看了看，并没有大人陪同。

我弯下腰问她：“小朋友，你怎么一个人？你家大人呢？”

她松开抓住我衣服的手，伸手指向前方不远处的一处毡房：“那儿就是我的家。”

“你多大了？叫什么名字？”我继续好奇地询问。

“我叫哈尔哈莎，汉语的意思是月亮姑娘。我是哈萨克族，我今年十一岁了，上小学三年级了呢。”说到这儿，她声音转低，有些不好意思地说：“我自己烤制的饼干，阿姨，您买一个吗？”

我这才发现，她左手提一个透明食品袋，里面装有几个厚厚的块状食物。

我来了兴趣：“这么能干啊？怎么烤制的？是烧马粪吗？”

她说：“是烧的马粪。用面粉和奶油做的，您尝尝，可香了。”

我说：“袋子里还有几个？我全要了。”

她很开心地笑了，露出一排整齐雪白的牙齿：“还有五个。一个一块钱，您给我五块钱就可以了。”

我拿出钱包，找出一张十元纸币递给她，然后，接过她手里的食品袋。

她迟疑了一下，接过十元钱，小声说：“我没有零钱找给您。”

我说：“不用找了。”然后问她在哪里读书。

她说，读书要到离家很远的地方，平时住在学校，国家对他们西部地区的学生有补贴，食宿都不用掏钱。节假日回家的时候，她自己烤制饼干，卖给游客挣点儿零花钱。

我喜欢上了这个漂亮女孩儿，脱口而出：“你太可爱了。”

要是不了解，这可能会引起误会。哈萨克族特别忌讳别人赞美自己的孩子，尤其不能说胖，他们认为这样会给孩子带来不吉利，另外他们也很忌讳别人当着主人的面。

她说："谢谢阿姨，您在等人吗？"

我用手指指向前方："你看，马背上的那个小弟弟在练习骑马，他是我的儿子。"

她点点头："阿姨您等会儿，我回家拿零钱。"

我说："我不要了，送给你买支笔吧。"

她扑闪着那双会说话的眼睛，再次朝我笑："阿姨，再见。"

我的心快被萌化了，依依不舍地向她挥手："月亮姑娘，再见！"

然后，她一阵风似的飞奔而去。

我看向另一边，那个精瘦的蒙古汉子正耐心地带着我的儿子策马在草原上来回飞奔。我拿出相机开始四处抓拍美景……

突然，一个绿色的精灵闯入我的镜头，那精灵越来越近，原来是哈尔哈莎又向我跑来了。她气喘吁吁地跑到我面前，不由分说地把一张五元纸币塞到我手里："阿姨，找您钱。"

我大为感动，为了找我五块钱，这个月亮一样冰清玉洁的小姑娘，跑得气喘吁吁，真让人心疼。

我说："真不用找的。"

她快乐地向我挥手："阿姨，再见！"然后转身飞速跑开。

她像一个精灵闯入我的世界，又像一阵风一样消失得无影无踪，这让我心里无比失落……

从新疆回来，我常常会突然想起那个哈萨克族的月亮精灵，每当想起她，我的心里就像有一股清澈的泉水流过。如今，八年过去了，她也长成了十九岁的大姑娘了吧。哈尔哈莎，你好吗？我们还能再见面吗？

采 茶 女 人

网友说，信阳是全国十大宜居城市之一。信阳不仅有美丽的风景，更是以“信阳毛尖”名扬天下。

2016年谷雨前后，我随旅行社来到河南信阳市南湾湖风景区，在著名的茶岛上，我第一次零距离看到茶园，见到那有些神秘的采茶女人。

她们穿着普通的农家衣服，戴着各式遮阳帽，全神贯注、心无旁骛地采摘茶叶。走近一位大姐，我开始和她攀谈起来，她告诉我她来自周边另外一个区县，采茶季节来摘茶挣钱补贴家用，她们采茶是以重量来计算，每斤可得报酬四十五元，她是比较熟练的采茶工了，每天差不多能挣二百元左右……看着她手里一个个小茶芽芽，我想，这一斤得采多久啊？看起来这采茶也是不容易呢。想起风景区不远处悬挂的那个广告牌，几个衣着光鲜、青春靓丽的女孩作为“采茶女孩”为茶代言，让人以为采茶是多么轻松愉快的事情。看眼前皮肤黝黑的采茶女人，才知道实际工作远没有那么浪漫，而是非常辛苦。大大的遮阳帽下的采茶大姐，我看不清她的面部表情，只看到她的大手灵活地在茶树上“舞蹈”，一刻也不停歇……

告别了采茶大姐，我的心情久久不能平静，养茶和采茶人的辛勤劳动值得敬重！

几天后，我从信阳到另外一个小城。两个城市之间，火车仍是主要的交通工具。来到信阳火车站，我一下子惊呆了，到处是头戴标志性遮阳帽的采茶女人，她们呼朋引伴嬉闹着，甚至有几个人在座椅上跳来跳去，引来工作人员大声制止。原来，“头茶”采摘结束，这些采茶女人要返回家了。

我拉着行李箱，小心翼翼地站在一旁，看她们快乐奔走，大声嬉笑，被她们的快乐所感染，我的嘴角不由得浮起微笑……

随着候车厅显示屏上出现“开始检票”四个字，工作人员打开闸门吧？采茶女人们一哄而上，把一旁的工作人员冲了个趔趄……我被她们冲击得差点摔倒，赶快靠墙边站定让她们先走，跟在她们身后，我很从容地走上车，找到自己的座位。车厢里叽叽喳喳，像麻雀一样吵闹不休，见我到来，那个坐在我座位上的女子赶忙站起，躲到一边去了。我拿起行李箱往上举，准备把它放到行李架上去，举了两次没有举上去，旁边座位上的一位大姐站了起来，冲我微微一笑说：“来吧，我帮你放上去。”我连忙表示感谢，把行李箱递给她，她很轻松地举过头顶，十分熟练地放好。然后，她侧过身，让我过去她里面那个座位。

终于在座位上坐下来，列车已经开始启动。

我认真打量身旁的这位大姐，她五十岁左右的年龄，身体瘦弱，黝黑的皮肤上闪烁着健康的光泽。我说：“大姐，你这么苗条，却那么有力气，行李箱轻轻松松举过头。”她微微一笑说：“农村人，干惯了体力活，这不算啥，男人出去打工了，家里农活都是俺一个人干。”

交谈了一会儿，大姐突然说：“想起来了，俺认得你，茶岛上见过面。”

世界原来这么小，几天前，茶岛上聊天的那位采茶大姐居然在火车上遇到了，并且还坐在一起，难道这就是传说中的缘分吗？

既然是熟人了，聊天自然更是开心。一边交谈，大姐一边刷朋友圈，大屏智能手机上，她让我看她拍的图片，有各种美丽的茶园风光，还有一些励志的文字，不禁让我对她刮目相看：一个热爱生活的人，无论做什么工作，她都是快乐幸福的。

大姐告诉我，她有一儿一女，两个孩子都在外地上大学，丈夫在外打工，她一个人在家做农活。赶到茶季，她过来采茶，春茶一般二十多天就结束了。她是采茶能手，一天有差不多二百块收入，二十多天，也能挣几千块……大姐边说边腼腆地笑，和周围嘻嘻哈哈的同伴相比，大姐显然是比较安静内敛的人。

她问我到哪里下车，得知我们在同一个站点下车，她显然有点开心："这就好，到站了以后，我可以帮你把箱子拿下来，不然，你自己还不太好拿呢。"

我一下子被感动得不知道说什么好。她采茶回来，一定非常辛苦，还这么实心实意地帮助我这个素昧平生的人，她比我年长几岁，却那么有力气，我只能内心暗暗说声惭愧了。

也许是为了排解旅途的无聊抑或是想活跃气氛，大姐从手提袋里拿出一袋瓜子，先撕开口子，第一个把它递给我，让我吃瓜子。我连忙表示感谢，谢绝了她的好意。她转过身分给周围的几个老姐们儿。几个女人接过瓜子，边说边聊，天南地北或者家长里短，聊得很嗨。其中一位女子把瓜子皮吐在了地上，大姐连忙递给她一个食品袋，告诉她把皮吐在垃圾袋里，然后，大姐弯下腰去，把地上的瓜子皮一个一个捡起来，站起来放到垃圾盘里，见我看她，大姐轻笑一声说："别见笑。"

我悄悄向她伸出了大拇指，她竟然脸红了。此时，我不想多说什么，一个有素质的人，和她的社会地位，和她有没有金钱，没有必然联系。眼前这位采茶女人，无疑是一位有着良好修养的人。

三个小时的车程很快过去，我们一同到站，她帮我拿下行李箱，然后拿起她的简易手提袋，向我挥手告别。她和她的那帮姐妹很快离去，我看着她们的背影发呆了很久。

可爱的采茶大姐，我们还会再见吗？

金　花

金花是个白族姑娘，80后。去年夏天，我和朋友一起来到丽江，在丽江车站认识了金花。

下了车，我和霞有点茫然，这个陌生而神奇的地方有过太多的传说，我们想一探究竟，内心却又惶恐不安。以后的几天，是愉快的吗？

这时候，一个皮肤黝黑的女子满面笑容地向我们走来。她说：“嘿，你们好！我叫金花，欢迎你们来到丽江，我可以给你们当司机，带你们到我家去住。”

我仔细看她：皮肤黑黑的，透着健康的红色，身材健硕，脸上的笑容亲切而温暖。

我和霞简单地商量了一下，决定相信她。

见我们点了头，她显得非常开心，不由分说地接过我和霞的行李箱，一手一个拎在手里。“行李箱有点沉”，我说，“拉着走就可以。”

她说：“别拉坏了，拎着走得快。”

然后她前头带路，健步如飞。

女人出门比较麻烦，带的东西很多，行李箱拉着走我还感觉有点沉，金花很轻松地一手一只，真是有力气。

把行李放进后备厢，金花坐在驾驶座上等我们。看我和霞追得气喘吁吁，她乐得哈哈大笑。

我们有些不好意思，上了车，各自在座位上坐好，金花愉快地喊一声："走了。"然后，她发动车子往丽江古城驶去。

一路上，健谈的金花滔滔不绝地给我们讲当地的风土人情，谈当地的民俗民风。她调皮地问我们："猜猜我多大？"

老实说，我不敢猜她的年龄。她体形较胖，皮肤黑而粗糙，看起来比较成熟。

见我们不说话，金花说："我87年人，看起来是不是不像？"

我内心暗暗吃惊，她确实比较显老，怎么也无法把她和80后联系在一起。

金花自己很坦然："没结婚前，我很苗条，结婚生孩子之后就变成这样了。我们白族是女人养家，我得赚钱养家糊口。"

我看了看那双转动方向盘的手，粗大肥厚，这是一双劳动者的手。她说："我是附近的农民，农忙要干活，还要做家务，不是农忙季节就出来带客人，挣钱补贴家用。"

我说："冒昧问一句，你爱人做什么工作？"

金花没有回答，转而说："我给你们唱支歌吧？"

我和霞拍手赞成。

"啊嘞嘞……"金花一开口一下子让我们吃惊不小，这声音清脆、干净、甜美，比百灵鸟歌唱还要好听。

一曲唱完，我和霞由衷赞叹："太美了，简直是天籁，你应该去舞台唱歌。"

她有点羞涩地笑了："我还会跳舞，只是我现在发胖了，舞姿不那么好看了。"

白族女孩能歌善舞，金花说的话我相信。

车子继续不疾不缓地向前行驶。大约四十分钟后，我们来到了丽江古城。

停好车子，金花从后备厢拿出我们的行李箱，仍旧是一手一只拎在手上，快步如飞前头带路往客栈而去。穿过几条狭窄的小巷，我们来到了一个叫“狼”的客栈，客栈不大，古色古香。看起来环境不错。客栈老板娘带我们上二楼，让我们看看各自居住的房间，比较干净整洁，空调热水一应俱全，我和霞表示满意。然后下楼，办理入住。登记好两个房间，我和霞各自回房休息。站在房间窗口往下看，我清楚地看到客栈老板娘递给金花二十元钱。难道这二十元钱是金花带我们来所得的报酬吗？二十元钱也太少了吧？如果我们自己打车到这儿来，车费也不止这个数，还不算她跑前跑后帮我们拿行李的费用。金花一再声明：客栈是她姐姐家的，她接送我们都是免费的，所以，她并没有向我们收取费用。看到老板娘递给金花二十块钱，我才知道这客栈不是她姐姐家的，她带我们来，只是想挣一份车费。想到这儿，我心里有点难受了，这个 80 后女孩真的很不容易。

第二天，我早早打金花电话，让她陪我们逛逛古城。说白了，我们是想请她一起玩玩，请她吃个饭，然后让她轻松地挣一份导游工资。金花哈哈一笑：“如果你们去别的景点玩，我可以给你们当司机，如果不出古城，你们自己玩比较轻松愉快。”然后，她很耐心地告诉我们一些注意事项，最后她说：“祝你们玩得开心。”金花如此聪明，她一定明白我们的想法，所以婉拒了我们的好意。对于她来说，挣一份辛苦钱也许更心安理得吧。

之后的几天，我和霞玩得非常尽兴。欣赏美景，品尝美食，按金花的嘱咐去做，果然没有什么不愉快，更没有什么上当受骗的事情发生。

丽江之行，是一次愉悦的行程，虽然对丽江古城太浓的商业氛围有点失望，但朴实善良的金花，让我对这座古城有了一份美好的牵挂和祝福。

古城千载情悠悠

在河北省邯郸市东北二十五公里处，有一座永年古城，又被称为广府古城，该城始建于隋朝末年，经元明增修形成规模，是中国平原地区城墙、护城河保存较好的一座古城。对于热爱历史文化，沉浸于文字的人来说，这样的名胜古迹，自然是心驰神往之所在。

没有想象中的热闹与繁华，安静的古城就像从远古走来的一位旅人，虽然历尽沧桑，却依然风韵犹存。登上古城城墙，古城风貌尽收眼底。宽阔的护城河，河水碧波荡漾，在阳光的照耀下银光闪闪；河边绿草植被宛若绿色的玉带环绕其间；城内建筑古色古香……此时游人稀少，阳光灿烂，风从平原深处徐徐吹来，城头的旗帜随风飘扬，一派安静祥和、岁月静好的气象。

邯郸是战国时期赵国的都城，赵王城遗址一期已于 2022 年 9 月建成并对外开放。离赵王城不远的广府古城，那时也是赵国王城的卫星城吧？也亲历过兵燹的洗劫、血火的洗礼吧？沧海桑田，世事变迁。古城静静伫立，仿佛在默默诉说着什么。我站在城墙一角望向远方，宛若听到了春秋史书传唱，看到了战国七雄争霸天下的激烈场面。长平之战，赵王中离间计弃用老将廉颇而启用纸上谈兵的赵括，结果大败。秦军将领白起屠杀了四十五万赵军。司马迁《史记·白起王翦列传》中原话为白起“乃挟诈而尽坑杀之。”并说：“前后斩首虏四十五万人”。赵括战死，秦军收缴了赵军武器，秦军将领白起一声令下，秦国的虎狼之师便开始了对赵军的大屠杀，长平的漫山遍野顿时成为人间地狱……两千多年后的今天，我们想象当时的惨状，似乎听到千军万马的厮杀、看到眼前血流成河……这里曾经掠走了战国中后期秦赵两国数十万将士的生命，成为赵秦乃至中华民族名副其实的伤心地。

古城的发展史浓缩了一部中华儿女的奋斗史。赵人忠诚，骁勇善战，长平之战之后，赵国老将廉颇带领赵军打败燕军，先后两次化解了被灭国的危机。期间，更有门客毛遂自荐出使楚国，凭借勇敢与机智说服楚王，使楚王出兵解了赵国之围，毛遂自荐的历史典故就出自这里。

站在坚固的城墙上，看护城河河水静静地流淌，我的内心却无法平静。多少英雄豪杰，多少仁人志士，为了这片沃土抛头颅洒热血，留存至今的古城就是历史的见证。眼前的一砖一瓦都是传说，一草一木都是故事；每一个故事都是一段历史，每一个传说都蕴藏着许多希望。抚摸着灰色的墙砖，我的思绪飘向了遥远，我知道，肤浅的思想，承载不了历史的厚重之殇，而娱乐的精神，永远无法重复先祖的荣光。在电视剧《广府太极传奇》中，韩磊唱到——

朗朗乾坤千古梦，泱泱华夏风云涌；

地厚天高谁英雄，广府扬武世人颂。

……

电视剧《广府太极传奇》的热播让永年广府古城被越来越多的人所熟悉，一代太极宗师杨露禅的故居就在城南门外，而杨露禅偷师学艺的太极拳发源地河南焦作陈家沟，又是这块传奇的黄河故道上另一片具有神秘意义的地方，那是我文化寻根的下一个目的地吗？我在城墙上默默地问自己。此时，天空高远，白云悠悠，时光一如无限的岁月一样，不紧不慢，悠然走过。

船行芦苇荡

我和大姐开车缓缓行驶进白洋淀村。穿过村里弯弯曲曲的街道，来到了白洋淀入口处，在附近泊好车子，准备上船体验一把船行芦苇荡的感觉。

说起白洋淀，首先想起了孙犁先生散文集《白洋淀纪事》。这是一本描写抗日战争时期，白洋淀人民英勇抗日并与当地恶霸进行坚决斗争的散文集。这本书收录了孙犁先生从 1939 年到 1950 年创作的短篇小说和散文，生动再现了那段历史，褒扬了白洋淀人民顽强不屈、英勇无畏的革命精神。而真正让白洋淀一举成名的就是电影《小兵张嘎》的上映。1963 年《小兵张嘎》上映以后，火爆多年，经久不衰，张嘎和雁翎队名扬天下。白洋淀这个名不见经传的地方也深深植入到每一个中国人心里。这也让我对这块神秘的土地充满了好奇与向往。

当我终于站在这块让人热血沸腾的土地上的时候，我的内心翻腾不已。望着眼前窄窄的白洋淀入口处，我仿佛经历了漫长的一个世纪，把思绪拉向遥远再拉回眼前：这个类似小池塘的地方就是白洋淀无数入口处之一，水质黑暗，四周被村民的房子所环绕，只有一个窄窄的水巷伸向远处。踏上村民自制的小船，我和大姐二人在船上坐好，艄公摇橹缓缓驶离岸边。小船驶离淀口，穿过污浊发黑的“小池塘”，眼前的水域豁然开朗。放眼望去，前面的水色清澈了许多，在阳光的照耀下，波光粼粼。早春的白洋淀游人稀少，整个水面安静平稳，波澜不惊。小船继续前行，很快就来到了芦苇荡。穿行在芦苇荡中，我有一种恍若隔世的感觉，此时的芦苇还是枯黄一片，找不到一丝绿色。水的尽头，我仿佛看到嘎子和英子在对我微笑，安静的芦苇上好像站立着无数抗日英雄，他们战斗在这里，长眠在这里，也永远守护着这里。白洋淀水静静地流淌，一如他们在轻轻诉说，诉说着对这片土地的热爱，也控诉着日寇的罪行！

和长江的雄壮之美、滇池的静谧秀丽不同，白洋淀水域是天然没有雕饰的野性之美。如果说长江是粗犷的汉子，滇池是秀美的姑娘，那么白洋淀就是奔跑的乡村少年，质朴本真，虽然野性却活力十足。

艄公是个沉默寡言的人，他静静地摇橹，神情专注。这方水域，有太多太多的故事、太多太多的血泪与汗水，让每一个来这儿的人，都不由自主地肃然起敬。小船继续在芦苇荡穿行，偶尔有鱼儿跃出水面，给这安静的水域增添一点儿喧嚣。不远处，有一位老者端坐小船上垂钓，这儿远离陆地，周围鲜有人迹，只有枯黄的芦苇在微风中轻轻摇曳，如此幽静的地方，鱼儿更容易上钩吧？或者仅仅只是爱好垂钓，更享受这份远离喧嚣的美好吧？也许兼而有之，不管如何，我还是被老者垂钓的安然打动，在水域的深处，守候着一份希望，享受着不被惊扰的寂寞，这也是一种幸福吧？

久坐船头，我还是感觉到了寒冷。清明前夕的白洋淀里，寒气悄悄包围着你，让人的体温一点点弥散消失。虽然不舍得返回岸边，但身体已经无法承受寒冷的侵袭，还是希望尽快回到自家车里。行出芦苇荡，我看到身穿水服采收莲藕的工人，我们坐在船上尚感觉不能承受天气的寒冷，他站在水里，应该更冷吧？

他采摘莲藕，收获的是一份希望，是一份生活的美好，因此，身体也许寒冷，但内心一定是火热的。祝福他！

“溪上桃花三月春，渔翁垂钓理丝纶。夏日池亭避炎暑，荷花落岸香风度。”夏日的白洋淀芦苇青葱，荷叶映满眼帘，“接天莲叶无穷碧，映日荷花别样红。”古诗词中的情形完美再现，是不是更让人期待？白洋淀，夏天我会再来！

再访潭柘寺

潭柘寺位于北京西部门头沟区东南部的潭柘山麓，始建于西晋永嘉元年（公元 307 年），距今有 1700 多年了，有“先有潭柘寺，后有北京城”之说。寺院最初名字叫“嘉福寺”，清代康熙皇帝赐名为“岫云寺”，因其寺后有龙潭，山上有柘树，所以民间一直称之为“潭柘寺”。

潭柘寺鼎盛时期，有房屋 999 间半，故宫有房子 9999 间半，貌似压缩的故宫一般，有人说明朝就是仿照潭柘寺修建的紫禁城。

来这里拜访，就是因为它的鼎鼎大名，无关信仰，不谈迷信，只为放空自己的心灵，寻找那一份宁静。

尘世喧嚣，我心静寂。

在这个初冬阳光明媚的天气里，我和大姐一起再次拜访潭柘寺。

我和大姐还有司机一行三人驱车前往。我晕车，照例坐副驾驶座，大姐坐在后排。司机小赵是个朴实憨厚的东北小伙儿，每次出行，都得到他细心的照顾，向他致谢。

大姐是我的老师。她曾经在我就读的那所学校任教。我和她一起住在她的职工宿舍里。一间宿舍，中间用布帘隔开，里面放一张床，是我和大姐每天休息的地方；外面放一个煤炉以及炊具。每天早上，我六点起床上早自习，7 点下自习回来，姐姐早已准备好热腾腾的早餐；中午，她下课之后做午饭，总是变着花样为我改善伙食，肉菜是经常吃的；晚上下自习后，还有加餐，肉丝、姜丝、葱花爆炒，然后下手工面，满满一大碗面，还卧个鸡蛋，热气腾腾、香气四溢，我吃完之后心满意足地睡觉。直到现在，想起大姐做的手擀面仍然口齿留香。和那些住校的同学们相比，我简直是幸福感爆棚。那时候，思想单纯，一门心思学习，唯恐考不上学没法向父母交代，每天宿舍、教室、厕所三点一线，下课的十分钟也舍不得浪费，一直傻学。这样繁重的学习任务，导致身体一直消瘦，那年，多亏有姐姐悉心照料，才能保持充沛的精力学习。

好在没有辜负父母和姐姐的期望，我终于从一所学校毕业，如愿分配到一家不错的单位工作。在我上班第一年的那个生日，中午，我正坐在办公室里心情郁闷。一抬头，发现大姐、二姐站在办公室窗户外，我赶忙奔过去，问她们是不是找我有事，大姐说："今天你过生日哪，我和你二姐来陪你过生日。"说完，大姐递过来给我买的生日礼物——一套军绿色套装。板裤，收腰小翻领西装，真的非常漂亮，我一眼就喜欢上了。拉着姐姐回家，换上这件"军装"，穿上半高跟黑色皮鞋，然后和姐姐们一起出去吃饭。走到街上，赚足了回头率，心情好到想要飞起来。

后来，结婚生子之后，几次搬家，不知道那身衣服丢到了哪里。

再次穿类似的"军装"就是多年以后了。前几年，我去信阳的鸡公山风景区游玩，在"防空洞"门厅，看到了类似的女兵服，交钱可以拍照的那种。二话不说，我拿了军服换上，摄影师为我拍照留影，背景墙是孙中山先生的"天下为公"。拍这张照片纯粹是为了好玩，为了找回当年那套衣服带给我的感觉。

车子驶入门头沟区，道路狭窄了不少，两旁的青山时隐时现，苍松翠柏在阳光的照耀下闪烁着夺目的光芒，在凉凉的微风中显得格外精神。我开始晕车，打开车窗，冷风扑面而来，让人不由自主地打一个冷战。胃里依然翻江倒海，我强忍不适，闭目养神。

晕车，让每一秒都如此漫长。虽然不是第一次来，我的内心仍然充满期待。潭柘寺，这所千年古寺让多少人魂牵梦萦，让多少善男信女顶礼膜拜！

人到中年，内心很难再起波澜。“不以物喜，不以己悲”，先贤教诲不时在耳边响起。年轻时候，那些要死要活的事情，现在想来，根本不值一提。过往的一切，如今已是如烟如云，早已随风而逝，只留下山高海阔、云淡风轻。

有人说，千年古寺算卦最为灵验。这种说法也许有一定道理，但我从不算卦，不愿意把未来交给别人占卜。到了这个年龄，人生大局已定，该有的已经拥有，即将有的尚在努力，不该有的不再奢望，算卦有什么意义呢？寺庙于我，是一片净地，一方圣土，一个放空心灵的地方。当我走进寺庙，看到古朴的庙宇庄严肃穆，青灯古刹静寂神圣，内心刹那安宁，所有的一切归于空白。看我佛慈悲，听梵音袅袅，这时无我，亦无世俗……

很快到了潭柘寺附近，泊车进寺。收起一路的胡思乱想，心归平静。膜拜，上香……

十 渡

绕过九个大湾，走过九个村庄，越过九个渡口，就来到了十渡。山峦叠翠，草木茂盛。一渡为拒马河入口，遥遥望去，百年的柿树林依然青葱，微风吹拂之处，树叶沙沙作响，仿佛在倾诉着什么，又仿佛在见证着什么。清朝江宁巡抚正一品加二级韩世琦墓，及康熙皇帝为其撰写的满汉碑文、石柱足以证明历史的沧桑；大文豪曹雪芹驿馆、曹宅茔地在此，验证了这块风水宝地；唐代名妃沈珍珠出家的珍珠庵坐落这儿，为这块富饶的土地再添神秘。三皇山自古以来被誉为“三皇圣地”，先人在这里修建三皇庙，供奉开天老祖“天、地、人”三皇于此，祈盼天皇让大地五谷丰登，人皇保佑人口平安，上下五千年历史文化，使这块神奇的土地充满诱人的魅力。一渡只是入口，十渡方为渊源。

我不止一次来过十渡，却没有发现这儿有什么特别之处，原因是我晕车，上车就闭目养神，昏昏欲睡，迷迷糊糊越过之前九渡的风景，直接来到十渡，景色和天气一样，如果少了过渡，也就少了很多的过程、很多的乐趣。而这次，我竟然破天荒地没有晕车，才得以欣赏一到九渡的风景，得以体验美景给予的愉悦。两旁的青山宛若切割一样整齐壮观，车子一样的不急不缓，我的眼里却是浩瀚无垠的油画风光。停车场上，司机小杨在车上开着空调休息去了。

我和姐姐一起沿山下石阶缓缓而上，在这个火一样炎热的六月，稍微走动就会让人挥汗如雨，爬山更是一项考验人意志和体力的运动。好在天气给力，并不是如预报的那样多云转晴，而是阴天且凉风习习。山路曲曲绕绕，绿树阴阴凉凉，两旁的杏树挂满金色的果子，果子还没成熟，想一想都酸得人流出口水，看一眼更让人感觉口中有醋，使人不由自主地想起望梅止渴的故事：当年那个盛夏，应该也是现在的这个时间段吧？曹操率领部队远征。经过长途跋涉之后，由于天气炎热，许多士兵口渴难耐，甚至有人出现了中暑等症状，但是行军途中并没有水源可以解渴，导致士兵行军速度缓慢，曹操看到这种情况心里非常着急，他灵机一动想到一个办法，他告诉将士们说：穿过前面的山丘就有一大片梅林，走过去就能吃到酸酸的梅子。将士们听了，马上流出了口水，感觉不那么口渴了，因此精神大振，立即加快了行军速度，没有贻误战机。如今，满山遍野的杏子也和彼时梅子一样酸涩，如果曹操带兵行走于此，也可以有“望杏止渴”的说法吧？透过满树的杏子看向远方，依稀看到传说中那株古老的杏树，历经风雨洗涤，穿过岁月的沧桑，把一块巨石分为了两半，一个被称为“古杏劈石”的景观就此遗留下来。而今天，这满山满坡的杏树是不是也算对那株古杏树的纪念抑或是一种传承呢？杏树、核桃树、花椒树都在挂果，累累果实飘荡着不一样芳香。让人的心刹那间回归，又转瞬间漂移。山上已经是太多人工塑造的痕迹，不知名的树木尤其显得珍贵。坐滚梯上行，看远远近近树木葱茏，满山满坡的山杏或者别的果实随风飘香。眼前虚幻出多种画面，或绿水青山或亭台楼阁，或今夕或亘古，或教堂或庙宇，或车水马龙，或曲径通幽，不停转换让人眼花缭乱，恍惚不知今夕是何年。北魏著名作家郦道元在所著《水经注》中就有对十渡风光的描述。他写的拒马河，过去称涞水，原文为：涞水又南迳藏刀山下，层岩壁立，直上干霄，远望崖侧，有若积刀，镙镙相比，咸悉四首。清代乾隆皇帝七游十渡，写下“遥源何处是，重叠缋云岚”的诗句。

远古已远，骚客豪气干云，伴陪着群山青葱，碧水淙淙，让人如梦如幻，似假还真。来到山上，不能不感受一下玻璃栈道的刺激。本来，我万分恐高，对这类游戏不敢尝试。可是，大姐兴趣盎然，一心想体验之，我强忍心头狂跳，决定和她一同行走一次。一起游玩，不管能不能尽兴，不让别人扫兴才是根本，不然，以后谁还愿意和你一起愉快地玩耍呢？这么想着，仿佛玻璃栈道也没那么可怕了。戴上防滑鞋套，我跟随大姐身后走上玻璃栈道。大姐双手扶着栏杆小心翼翼地前头走了，虽然脚步很小，但她走得还挺快。我再三稳定情绪，踏上玻璃栈道，霎时感觉天旋地转，脑海一片空白。双手紧紧抓住栏杆，脚步还是不敢迈开，仿佛走一步玻璃就会炸开似的。闭上眼睛往前走了几步，忍不住睁开眼睛往脚下看，悬空的自己好像没了一点依靠，忍不住尖叫，忍不住想翻越栏杆逃跑。有个声音在我耳边悄悄说：“别往下看，往前看。”我知道往前看，我也知道并没有人注意我，这只是我自己的声音，我告诉自己：“别慌乱，往前看。”可是我无法控制自己，只想往下看，然后被吓得容颜失色、魂飞魄散。我抓住栏杆的手在颤抖，这时候，莫名想哭，突然想起父亲。当年，他拉着我的手从乡村到城市，从儿童到成年。多年以后的现在，我仍然能感受他后背的坚实，能感受到他手心里的温度。在离开家乡的这个遥远的渡口，这个危险得让人心惊肉跳的玻璃栈道，我看到了家乡那条蜿蜒曲折的小路，一直走一直走，没有尽头。在这个火一样的六月，在这个温暖得让人流汗的天气里，我想起了父亲宽厚的手掌和他的怀抱，想起了那条望不到头的羊肠小道以及小道上的晨光与夕阳……

突然感觉恍惚，面前的玻璃栈道已经成为最危险的路程，脑海里一万次想翻越栏杆逃到安全的地面上去。栏杆有点高，我根本翻越不了，于是，我只能选择返回，毕竟才走了十多步的距离，前方太过惊险，我的身体和心脏都无法承受。狼狈地返回原地，脚踏上石头地上的那一刻，从未有过的安全感让我感觉幸福。眺望远方，天高云淡，鸟儿翻飞；回过身去，来时的路如此幽深可爱。立于栈道边缘，环视四周高山美景，峭壁嶙峋。俯视下方，深不可测，拒马河水清澈如镜，梯田遍布尽收眼底。观赏美景的心境，激情澎湃的刺激，在这个叫作“誓言玻璃栈道”的地方，让人展开想象的翅膀。即便没有走完“誓言玻璃栈道”，但一样能实现心中的梦想吧？前面，一对年轻的情侣携手走过，轻松愉快的脚让人感叹：年轻真好！走过“誓言”，承诺誓言了吗？不管承诺与否，都有所见证了吧？据说在隋末唐初时期，君王昏聩，百姓们日子过得艰难，民不聊生，适逢拒马河又发洪水，村民们无法活命，只得背井离乡纷纷逃荒外地。有一对刚结婚的小两口也在这逃荒的人群中，男的叫缘逢，女的叫小莲。缘逢搀扶着小莲正在行走，突然遇到一伙强盗劫持，慌乱之中，二人失散。缘逢开始四处寻找小莲，时间过去了半年仍未找到，生活也到了山穷水尽的地步，万般无奈缘逢只好从军入伍，因有一身好武艺，得到李世民重用，后被提拔为参将。缘逢做了高官之后，并未忘记结发之妻。仍然到处打听寻找发妻小莲，衣锦还乡的时候，特意到小莲的家里追忆往事。由于战乱和贫穷，小莲的家里已经没有人了，家也破败得不成样子。站在小莲家破败的院子里，他突然听到了小莲的说话声，定睛一看，果然是爱妻小莲站在眼前，失散多年，竟然得以相见，缘逢悲喜交加，抱住小莲哭诉衷肠，小莲扑在他的怀里诉说着思念之情。久别重逢，二人缠绵悱恻，情深义重。随从人员声声禀报，缘逢才从激情中醒来，原来小莲并没有回来，一切只是他的幻觉而已。小莲终究也没有找到，缘逢也没有再娶。后来，缘逢官至骠骑大将军，活到八十岁无疾而终。后人为纪念缘逢跟小莲，便将小莲家附近的一座山峰起名为“莲缘峰”。这个凄美的爱情传说，穿越历史的长廊留在了当下。越过十渡，功德圆满之后，在十一渡“莲缘峰”处可以一饱眼福。莲缘峰，应该也是有誓言的吧？这让人又相信了爱情。“誓言玻璃栈道”之名是源于此爱情故事吗？不得而知。爱情向来是文学的主题，也是宇宙万物的主题。盘古开天辟地、女娲补天以及嫦娥奔月，莫不围绕此而展开故事。惊心动魄，惊天动地，当赋予了爱情一个意义以后，也许爱情就有了生命。一如这“誓言玻璃栈道”一样，走上一遭就是一种承诺吗？走过玻璃栈道，站在前方的观景台上，放眼望去，影影绰绰迷迷幻幻，缘来缘去，爱恨情仇，滚滚红尘谁又能知道下一个渡口，那个摆渡的人是谁呢？犹如此时，我站在山巅，寻找渡口，也回望那个叫誓言的玻璃栈道，悠然看到这条古老的河流从太行山深处河北省涞源县境内，一路蜿蜒，淌进华北明珠白洋淀，最终流入渤海的怀抱。

足　迹

周末，和大姐一起去一个小城。

她常常认为我很沉闷，需要多走动，也需要多和人交流，也常常担心我会被闷坏，身体会承受不了，以致出现健康问题。

所以，她会在周末约我去溜达溜达，或者去她家吃她做的饭菜。

亲人总是会有很多担心，但实际是，自己并没有那么脆弱。

这不，按照提前约定的时间，她家的司机开车接我来了。

大姐是个温和的人，且有涵养，对什么事都能泰然处之，和她一起，我感觉心安，感觉踏实，也感觉快乐。

行驶的车子，在光滑的柏油马路上没有留下任何印痕，一轮一轮翻滚着前进。窗外，天气阴沉，好像风雨欲来，但是风雨终没有来，让人感觉沉闷和压抑。

渐渐地，阴霾散去，阳光又温和地倾洒下来，周围又都是明晃晃的色彩。

这明亮的世界带给我视觉的冲击，也带来明媚的心情。

心情愉悦，晕车也没那么厉害了。于是，安然靠在座椅上，假寐休息。

恍惚之中，我感觉自己回到了某个熟悉的地方，看到了很多人在向我走来，有风有雨，道路泥泞，来人无一例外都是满脚满身的泥水，脸上却是温暖的微笑。

我很惊诧，看着他们从我面前走过，地上留下泥水混合的足迹。

我不知道这是不是寓意着奋斗，或者是不是在暗示生活的艰难和困苦。

这样的路，我也走过。曲折泥泞，雨雪狂风，但还是走过来了。

我听到有人喊我，也听到了某种召唤，我顾不上伤悲或者欣喜，一路朝着阳光奔跑。

身体是最不听指挥的伙伴，当大脑无法和身体保持一致的时候，你只能放缓脚步，任由前进的足迹再淡再轻再缓慢。

很多时候就是一个人，一杯茶，一本书，一个周末或者一个假期。

书桌上放置着永远读不完的书，脑海里翻腾着那些曾经的过往。

书稿写好又推倒，文章刚成再重写。一次又一次，有谁知道曾经的辛苦与崩溃。

在废弃的纸张上画一个行走的机器人，突然很羡慕这个智能的家伙：足够聪明，足够强大，却不会有烦恼。

但人毕竟有思维，我也变不成机器人，一切照旧，我仍然是孤独的、辛苦的，或者说，是甜蜜的、幸福的。

也许我过多地封闭了自己，也许我只是习惯了一个人独处。在越来越多的沉默中，我越来越看不到方向，也看不到行走的足迹。

大姐说，我要出来走走，闲暇的时候，晒晒太阳或者到她那儿去。

我哪儿也不想去，在周末或者每一个属于自己的日子里，我都享受独处的时光。

一个人守候一室的阳光，是不是很奢侈呢？就如守候远方的情郎，很远很远的地方，他不来，我也不去。（这只是一个想象，认真你就输了。）

我仍然还是我自己，阳光下行走，风雨中奔跑，一直在路上，从来不敢懈怠。

司机在放一首很老的歌，网络歌曲，猛地加大了音量，把我从假寐中惊醒。

我几乎忘记了这次行程的方向和目标，只是坐在车上要经过这一次出行，是这样的吗？我问自己。

几个小时以后，车子到了目的地。大姐告诉我，今天我会见到一个叫勤的女同学。她这么一说，一个大眼睛，皮肤白皙，扎着马尾辫的漂亮女生一下子从我的记忆中跳了出来。

初中的时候，勤从外地转学到我所在的班级，老师安排她和我坐在一起。这个眼睛又大又亮的漂亮女生成了我的同桌，一起下课，一起读书，一起课间休息，除此之外，并没有太多的时间玩耍。她是很勤奋的女孩，我也是，没有过聊天，因为学习紧张。

一年以后，她转学离开，从此再也没有她的消息。

在这个风景秀丽的小城，在那个颇具特色的饭店，勤正缓缓向我走来。

我看到了那双熟悉的大眼睛，看到了她脸上沐浴的阳光，时隔多年，我们还是毫不犹豫地叫出了彼此的名字，然后紧紧拥抱。

岁月在我们的脸上留下印迹，却没有给我们带来沧桑。一样的阳光，一样的温暖，一样的我和她……

两个不同的城市，完全不同的职业背景。她的奋斗使她拥有了现在的一切，事业有成，生意兴隆，更重要的是她家庭幸福，爱人温和体贴。

而我，终究还是一介书生，半生倥偬，仍然还是那个读书的女子。

道路不同，轨迹不同，事业领域也不同。她的脸上洋溢着幸福和温暖，我的身上更多的是书生的气息。

一路走过，重逢或者分别，欣喜或者伤悲，她仍然是她，我终究还是回归自己。

足迹汇集，在人生的秋天里，能够幸运重逢，知道她很好，这就行了。

告别的时候，她站在路边向我挥手。坐进车子里，我透过车窗玻璃一直看她，直到我们的车子驶离很久。

阳光依然明媚，但我仿佛听到了车行泥水路上的噗噗声，车行之处，身后是两行轮胎的印迹吧？或者我一个人行走在风雨中，脚下是一串串的足迹，延伸到很远很远……

漂　　泊

一

夏季的阳光暴烈如火。晃眼的阳光透过树叶洒落下来，散发出诡异的光。树叶一如被烤熟了一样一动不动，仿佛在等待秋季来临，等待吹来的秋风把它吹落飘散。眼前的苟且不过是风雨前的沉寂，风雨飘摇的时候，树叶还能如此安稳吗？

繁华的都市已经启动烧烤模式。在热浪的肆虐下，喧嚣的城市好像安静了许多。我躲在冷气开放的房间，突然间感觉自己一下子陌生了起来：空灵，缥缈……这种空洞让人害怕，担心会迷失了自己。我的人还在梦中，我的灵魂却在四处游荡，很多时候，漂泊不是居无定所，而是来自内心的恐慌……

我喜欢行走的感觉，那种脚踏实地的充实让人愉悦。每天夜晚来临的时候，我沿着小区内的林荫小道夜跑，看自己的身影在昏黄的路灯下时隐时现……安静的城市，空寂的夜色，把我吞没于无边的空洞之中，我听得见自己的心跳伴随着脚步的声音，如寺庙木鱼的敲击声，深邃而悠远，让我感受得到生命的真实存在……夜跑，我给禁锢的灵魂一次漂泊的机会。

苏轼说："我今漂泊等鸿雁，江南江北无常栖。"

而今，我的漂泊不是行走在路上，而是灵魂在游走。

二

在许多城市间游走，有时候根本来不及认真欣赏美景。总是怕时光太匆匆，总是想握住太多，每一个城市都有留白，每一段日子都值得回味……也许，每一个女人都会有一个公主梦，但仅仅是梦想而已。面对现实，自己还是要坚强。一个人出行，一个人奔走，一个人面对是是非非……一个人的行囊，除了行装，还有疲惫。

城市的风景大抵相同，不同的是人的心情。

山一程，水一程，风雨兼程。

唯难忘多雨的江城武汉。站在游船的栏杆旁，看江水哗哗地向后流淌，在长江和汉江的交汇处，一边是青绿色汉江水，一边是浑黄的长江水，江水汇合处形成了鲜明的色彩对比，在阳光的辉映下熠熠生辉，让人感叹大自然的神奇，不由自主地喜欢上这里。

游轮，船渡，此岸与彼岸来回交替，让人恍惚如梦，傻傻分不清天上人间。这一道美醉了的风景在我的脑海里定格成一幅油画，张贴在心灵的前方，让我珍藏世界的美好，直至永远……

三

你来自遥远，一切虚无缥缈；你近在咫尺，却仿佛远在天涯。

一个人的孤独不是居无定所的漂泊，也不是无人陪伴的行程，而是你来自心底的恐慌与无助。你看得到我脸上的笑容，看不到我心底的挣扎；你看得见我的风光，看不到我的辛苦与拼搏。

突然想起柳永的《蝶恋花》：“伫倚危楼风细细，望极春愁，黯黯生天际。草色烟光残照里，无言谁会凭阑意。拟把疏狂图一醉，对酒当歌，强乐还无味……”莫名地戳中泪点，不为谁人，只为这风情无限的世界。

这个世界多雨多风，这个世界寒风肆虐，这个世界让人伤悲，这个世界却让人不舍丢弃。就这么行走，就这么漂泊……

初识摇钱树

常常听人们说起摇钱树，在去成都之前，我对摇钱树的认知还停留在一个美丽的神话传说中。

据说，古时候有一个白发老人送给一位农夫一粒神奇的种子，告诉他每天挑七七四十九担水浇灌，水里面要滴七七四十九粒汗珠，当它长出枝叶要开花时，在它的根部滴上七七四十九滴鲜血。农夫按照老人的话认真做了，竟然长出了摇钱树，轻轻一摇，便有铜钱纷纷落下来。

摇钱树的传说就此传播开来。它寓意着财源滚滚，象征着富贵及祥和。

在距离成都二百多公里的地方，有一个叫松坪沟的地方，被称为小九寨，位于四川省阿坝藏族羌族自治州茂县。我们欣赏了白石海、墨海、五彩池、长海等景点之后，在约定的地点等待观光车的到来，接我们走出景区。等待总是会让人感觉无聊。我拿着手机四处拍照。突然，有一棵树闯入镜头，它深色的花朵像要枯萎的样子，间或浅白的花色点缀，很是与众不同。我问导游这是什么树，她说不认识，同行的朋友也都表示不知道这树的来历。我把它拍下来，然后请教万能的朋友圈……这才知道，此树就是大名鼎鼎的摇钱树。

通过了解得知，摇钱树又叫金钱树，原产于坦桑尼亚，在较明或者较暗的地方都能生长，对空气有很好的净化作用，并且它的根和花都可以入药，可以清肝明目，行气止痛。医治目痛泪出、腰痛等。

回到北京之后，我开始有意识地观察道路两边的树木，发现许多道路的两旁竟然种满了摇钱树，小叶椭圆状，像一对对排列整齐的铜钱。在北京生活这么多年，却没有发现身边有这么多的摇钱树。这让我感觉汗颜。整日忙忙碌碌，没有认真欣赏阳光及美景，疏忽了许多不该疏忽的东西……就如身边的摇钱树，时刻相伴，却不曾发现它的美丽。

一棵摇钱树，提醒我珍惜身边人，做好眼前事。不要把眼光放得太远，遮住了脚下的路。

写下此文，自勉之。

此处心安是吾乡

傍晚，我在入住的酒店附近街道上漫步。这儿不是郑州的繁华地段，因而显得宁静清幽。此时，华灯初上，树影斑驳，微风阵阵，秋意正浓。每次回到这个城市，我的内心都有一种踏实安稳的感觉。在城市高楼大厦的某处，有我的同学、朋友，还有我尊敬的师长，他们在这里生活工作，或事业有成，或拼搏奋斗，每个人的成长史都可以说是一部奋斗史。此刻，他们也许在举杯小酌，或者与家人一起享受天伦之乐，无论怎样，他们都在享受这宁静的秋夜，享受生活赐予的安静祥和。

我不曾打扰。也许不打扰也是一种尊重吧？在这个城市，有太多太多温暖的记忆，默默地回忆，安静地感受这份美好，谁能不说岁月静好，就是有人默默关注与深深祝福呢？

想起我的恩师周立华老师。她在这个城市生活多年，如今她虽然离开了这座城市，但她的气息还在，她给予的温暖始终不曾褪去。

当年，我们这些青春懵懂的女孩，从不同的城市或者乡村来到同一所学校，周立华老师是我们的班主任。那一年，她是刚走出校门不久的美丽大学生。站在我们这群青涩纯朴的少年面前，她是那么光彩夺目、气质非凡。我几乎是用崇拜的眼神认真打量她：修长的身材，苗条秀美；白净的脸庞，青春靓丽。她说话简明扼要，做事干脆利落，一下子让我成为了她的铁杆粉丝。

初到一个陌生的环境，许多同学开始想家。那时候没有电话，只能靠写信，有多愁善感的女生常常边写信边哭泣……周老师当时教我们专业课，有繁重的教学任务，但作为班主任她还时时刻刻关注我们的生活和学习，对我们嘘寒问暖，关怀备至。开学后一个多月，是我们离开家第一次在外面过中秋节，老师放弃了和家人团聚的机会，和我们一起买菜做饭，分吃月饼。欢声笑语穿过宿舍大楼飞向蓝天……这份快乐常常想起，仿佛就在昨天。

当时，我是班长，老师对我又有了一份特别的信任与关爱，她不时地让我到她的宿舍去吃饭，她不在家的时候，会把宿舍钥匙交给我，让我住在她的房间。很多时候，她会分别带几个同学去学校旁边的餐馆里吃一碗牛肉面，离家的我们因此被感动得悄悄落泪。

老师的温暖体现在生活的方方面面。记得到校报到以后，不知道什么原因，学校安排我们暂且住在一个大宿舍里，当时有多少同学一起住，我记不得了。只记得入住以后的惊喜与惊吓。惊喜的是，一下子认识这么多同学；惊吓的是，有一位来自边远地区的女生身上长了虱子。当时，有同学亲眼看到，该女生从身上抓一只虱子，熟练地用两个大拇指的指甲一挤，然后若无其事地上床睡觉。我们都很害怕，害怕那虱子会爬到自己床上、身上，担心它们会藏进自己浓密的头发里，“子子孙孙，无穷匮也”。老师了解到这些情况之后，分别找我们谈话，告诉我们要有一颗包容的心，对待同学要亲如姐妹，要互相帮助、互相爱护，要学会宽以待人，而不能有任何歧视……然后，老师又找到那位女生，告诉她每天早上要洗头，勤去学校澡堂洗澡，换下来的衣服要用开水烫洗，晾晒到宿舍楼顶上去……

很快，她的卫生状况彻底改观，衣服干干净净，头发净爽飘逸，更重要的是，她身上的虱子被消灭殆尽，她坐在那里，再也不在身上抠抠搜搜、抓抓挠挠了。

不久，我们搬离大宿舍，入住八人间或者六人间宿舍。那位女生的名字，我们也听老师的话，统统忘记了。几年以后，当她剪着干练的短发，穿着当时流行的超短裙，踩着高跟鞋，满面春风地走在校园里的时候，谁还能想到当年的她曾经是多么狼狈、多么羞怯？

若干年之后，也许，她应该感谢老师教会了她如何生活，怎样适时打扮，让自己变得更美更自信。

于老师而言，也许，她认为这是师者的责任。

我却坚持认为，老师是真正的善良。只有心存善念，胸怀悲悯，才能这么事无巨细，谆谆教诲。

多少年过去了，当年青涩的小女生如今已步入中年。几年前同学们在郑州聚会，我们请到周老师。她看起来仍是那么年轻，雍容高贵，端庄秀丽。老师永远是老师！

也许我们每个同学身上都或多或少有老师的影子，虽然永远难以达到老师的高度，但我们都在努力，努力做一个像老师一样的人！

老师虽然去了深圳发展，但郑州是她的家，她还会常常回来。有她在，这个城市让我感觉亲切可爱、四季如春。不管我流浪在哪里，郑州总是让我感觉心安的地方。

苏轼说：“万里归来颜愈少，微笑，笑时犹带岭梅香。试问岭南应不好，却道：此心安处是吾乡。”

第四辑

在灯下

雨送黄昏花易落
多少亲情多少事
匆匆中错过
思念里蹉跎

城市的街灯

傍晚时分，城市的街灯亮了。

走在都市的街头，看自己的身影被拉得很长。路旁的写字楼上霓虹闪烁、流光溢彩，远处是林立的高楼万家灯火。此时，清风徐来，夜色阑珊。在这样的美景中适合回忆，回忆起家乡的那条小路，那条艰难的求学之路。

当年，那条路曲折、泥泞，却是我和小伙伴们去学校的唯一一条道路。那时，学校有早晚自习，我和小伙伴们常常是早上顶着星光出门，晚上沐着月色回家。没有路灯，没有照明的火把，只是太熟悉那条路，熟悉那条路上的拐拐角角坑坑洼洼，大家结伴回家，结伴去学校。很多时候，因为担心迟到，我们会跑步前行。当我们气喘吁吁赶到学校，在明亮的教室里坐下来的时候，就会忘记了奔波的辛苦，全身心投入到学习中去。小伙伴们学习都很拼，大家的理想非常简单，考取一所学校，国家分配工作，过上安宁稳定的生活……

而今，那条小路依然还在，只是没有了昔日的热闹。求学的孩子们大都住校，学校里免费供应牛奶和营养餐。孩子们再也不必遭受奔波之苦。当年，我们相信读书改变命运，不知道现在的孩子相信的是什么？

二十年前的那个秋天，当我带母亲第一次登上长城的时候，她的脸上露出了笑容。那笑容温暖而坚定，满足和自豪，让我感动得几乎落泪。母亲是个含蓄而内敛的人，从小到大，我从来没有见她放声大笑过，也没有高声呵斥过我们，她总是非常从容。从容面对贫困，把贫穷的日子过得有滋有味。在物质生活相对匮乏的那个年代，她总是像变戏法一样做出美味的饭菜，让我们兄弟姐妹没有体验过饥饿和寒冷，从而各自努力读书，有机会闯出自己的一方天地。

从长城回到弟弟家里，已是夜色深深、华灯闪烁了。从乡村到大都市，母亲没有过多的角色转换。对于她来说，北京有她的子女，和别的城市也有她的子女一样，让她很自然地融入这个城市。

自然而然，母亲跟随儿子媳妇生活在北京。这个地道的河南老太太很快适应了大北京的生活。她懂得看红绿灯走路，看到路上的纸片垃圾，她会弯下腰捡起来放进垃圾桶；她不会说普通话，和别人交流，她会放慢语速让别人能够听得懂……傍晚，她漫步在北京街头，享受繁华都市给予的安静与美丽。

我为母亲庆幸，庆幸她有孝顺的儿子媳妇，庆幸她有不太笨拙的女儿，让她的晚年如此从容和幸福。

我们兄弟姐妹各自陪母亲走过不同的城市。在她还能走得动的时候，我们相约分别陪她游历美丽的山川和河流，享受自然的馈赠，体验不同的风俗民情，也见识了不同城市的街灯。

从新疆到江南，从苏杭到桂林山水，母亲脸上的笑容依然从容依然温暖，从二十年前的健步如飞到如今的步履蹒跚，我看到了母亲已年迈，至此，我的眼泪潸然而下。

记得那年，我带母亲和孩子乘坐从乌鲁木齐飞回郑州的航班，过安检时的一个小插曲让人忍俊不禁。当时，我和孩子顺利通过安检，母亲过安检时，却听到嘟嘟嘟的警报声。安检人员拦下母亲，母亲很配合地站在那里，一脸懵。那位女安检员问她："您身上带了什么？"

母亲认真想了一会儿，从衣服口袋里掏出了一个圆溜溜、和大拇指头差不多大小的彩色石子。这是我们去戈壁滩玩耍时她捡到的，之后随手放在了衣袋里，没想到过安检时响起了警报声。

那位漂亮的女安检员笑了："没事，阿姨，您带上吧。"

母亲看了看她手上的彩色石子，还是轻轻把它放进安检员面前的储物筐里。

她说："我得有觉悟，我不能带这个上飞机，安全最重要。"

回到家之后，我拿这事调侃她。她自己也乐："以后坐飞机，可不能乱带东西，咱不能没觉悟。"

母亲总是说有没有觉悟，类似我们说有没有素质。从她们那个年代过来的老人，常常会把有觉悟当作有面子的事，把没觉悟当成丢脸的事。

母亲是个有觉悟的人，我为此自豪。

城市不同，街灯大抵相同。不同的是每个城市的风俗民情和游历者的心情。

有人说，身体和灵魂必须有一个在路上。不能读万卷书，总希望能多走路。时间许可的时候，总想找一个地方放松身心。告别母亲，我带着我的行李箱飞往大理。在洱海边，我和云南的一位姐妹一起坐在一个简易的凉亭里，边喝啤酒边聊天。一盘烤鱼，一盘烤土豆，说不上美味，佐以当地精酿啤酒，让眼前的洱海苍山再添一份风情。"风花雪月古城开，洱海苍山次第排。"郭沫若先生的诗句在耳边响起……眼前的洱海平静如镜，微风轻拂，水面光波潋滟，让人恍惚梦里。

夜色撩人，大理街头华灯璀璨，两旁的店铺灯光旖旎。不远处，酒吧里传出的民族音乐蛊惑人心。追逐音乐而去，在酒吧的一隅坐下来，点一杯鸡尾酒慢慢品尝。歌手的声音低沉而暧昧，他迷离的眼神，仿佛在轻轻诵读：“明月几时有，把酒问青天。不知天上宫阙，今夕是何年。”

风花雪月、醉生梦死就是如此吧？

其实，我平时并不泡吧，甚至不常喝酒，我更喜欢一个人安静地待着。酒吧里的声音让我越来越觉得吵闹，越来越无法忍受。于是，逃一样离开。我知道这儿不属于我，它只属于苍山洱海，属于那些浪漫而小资的年轻人。我不过是一个匆匆过客，我有自己的事业和追求，靡靡之音不过是我人在旅途的一次经历，体验不同城市的街灯照亮不同的人生之路。

于是，第二天飞回北京。一切照旧，一切如常。

记忆中的那个雪人

我曾经为一个雪人哭过，哭得稀里哗啦。

那年冬天，我九岁，跟随父亲在外读书。一天早晨起床后，发现下了一场好大好大的雪。我兴奋地在雪地里跑来跑去，爸爸找来一把铁锹对我说："来，爸爸给你堆雪人。"爸爸将雪堆在一起，用铁锹拍得很瓷实，然后又一点点很认真地修饰，不一会儿，雪人就初具模型了。我用红蓝墨水分别为它画上眉毛、眼睛、嘴巴，两边用小棍棍扎上两个白菜叶作耳朵，又找来一个小胡萝卜作鼻子，一个雪人就做好了。

在以后的几天里，我每天和它一起玩。爸爸送我上学走时，我会和它说再见；放学回来，我给它讲故事，讲学校里发生的趣事，教它"背"古诗，讲老师布置的作业……后来，天晴了，雪人变得"瘦"起来。直到那天，我放学回来，雪人完全不见了。我站在那里看了好久，突然间大哭起来，爸爸闻讯赶来安慰我说："乖，不哭，等再下了雪，爸爸给你堆个更漂亮的。"见我哇哇地大哭不止，爸爸把瘦小的我扔到他的肩上，边跑边说："不哭啰不哭啰。"伏在爸爸的肩上，我抹着眼泪笑了。

在以后若干个冬季里乃至成年后，我再也没有让爸爸为我堆过雪人。是怕最终会和雪人分别？或是对堆雪人已没有了兴趣？说不清楚。

后来渐渐长大，学习任务越来越繁重。下雪的时候，总是没有了赏雪的心情，而是把更多的时间用到了学习中去。不得不说，那个时候真是发奋图强、争分夺秒地学习，唯恐稍微松懈就被别人超越。那时，还没有扩招，想考出来真是太难了。记得爸爸曾说过："我只负责供你们读书，不负责为你们找工作。"所以，我们家兄弟姐妹都很努力读书，根本没有闲心去玩耍，哪怕是在大雪纷飞的天气里，再也没有了打雪仗、堆雪人的闲情逸致。我唯一的一次堆雪人的经历就这样成了童年生活中不可多得的快乐记忆。

随着时间的推移，童年的许多事情都从记忆中抹去了，唯不能忘怀的是那个有着红鼻子的雪人，那个让我哭得稀里哗啦转瞬消失却又永远活在我记忆中的雪人！

冬夜的思念

在飘雪、风雨或者干冷干冷的冬夜里，靠在床头，就着温暖的灯光读一本书、听一首歌或者什么都不做，就那么静静地思考，无论室外怎样寒冷彻骨，在暖洋洋的室内享受那一份安然与宁静，这时候，有关童年时代的记忆，有关冬夜的记忆，都会如窗外的夜色一样在心头弥漫开来，清晰而温暖。

那时候，在外工作的爸爸总是在夜晚顶着一身雪花入门。进到屋来，爸爸会一边小心地拍打着身上的积雪，一边从身上摘下那个军绿色的帆布挎包，妈妈总是很默契地把包接过来放在床头的柜子上，然后，从包里拿出一个硕大的圆圆的白面馒头，将熟睡中的我们一个一个叫醒，掰一块馒头塞到我们手里。迷迷糊糊地接过妈妈给的馒头，顾不上睁开眼睛就往嘴里塞，有时候，馒头吃完也不睁眼，吃完馒头倒头继续睡觉。很多次，我的嘴里还有一口馒头没来得及咽下去就睡着了……

爸爸工作的地方离家比较远，他回到家总是很晚很晚，那只军绿色帆布包里总是装满让人垂涎的美味——又软又大的白面馒头，或者沾满芝麻的圆圆的烧饼，抑或是几个苹果，偶尔还会有难得一见的油条，在那个物资匮乏的年代，这些平时难得一见的东西像火柴一样，点燃了年幼的我们对于美味的渴望，温暖着那些寒冷的冬夜……

那年，我离开家跟随爸爸到他工作的地方读书。和爸爸在一起的时光，如春光一样幸福烂漫。爸爸每天早早起床为我做饭，吃完饭，我坐在门前的小凳子上，爸爸为我扎小辫，那种朝天的小辫，让我自信满满，美美地认为自己貌比花美，拿出小镜子再照照，然后兴高采烈地去上学。

那时候，我身材如豆芽一样瘦弱，常常生病，在无数个寒风刺骨的夜晚，爸爸背着发烧的我去医院，到医院看完病之后，他再把我背回来。爸爸的背宽厚而温暖，让我感觉安心，让我不再寒冷不再害怕疾病，到家之后，爸爸把我放到小床上，给我端来热水让我吃药，很苦很苦的药，我嚼碎咽下，不哭不闹，不说难受也不怕药苦，吃完药，我躺下来，爸爸为我盖好被子就那么守在我床前，常常是彻夜不眠。那些冬天的夜晚常常温暖得让我想哭，敏感而脆弱的小女孩儿在爸爸的细心呵护下渐渐长大……童年的记忆，幸福而快乐。

成年以后直至今天，冬夜里，爸爸背着我的画面仍如昨夜一样清晰。所有的冬季都很寒冷，那些定格在记忆里的冬夜却很温暖。在爸爸去世多年以后的今天，写下这段文字的时候，我的眼泪滴湿了键盘……他宠我如手心里的宝贝，他爱我超过爱自己。他辛辛苦苦地工作，他认认真真地做人，他善良正直，他勤勉自律，他有过人的才华却谦虚如成熟的麦穗……爸爸，与您相伴的每一分钟都那么美好，每一天的时光都那么幸福，每一个冬夜都那么温暖，每一点一滴都那么让人怀念，每一次的想念都让我的心那么那么痛……

爸爸曾经对我寄予无限希望，却又对我溺爱到不愿意让我吃一点点苦。他曾经对妈妈说我是家中最聪明的孩子，必将会是最有出息的一个。听爸爸这么说，我暗暗将自己和姐弟们做了对比，无论是学习成绩还是先天的资质我都不是最好的。我以为他那是鼓励我让我努力学习，于是，从那天开始，我一直非常非常努力地学习，不分白天黑夜，我就那么拼了命一样努力。在学校，我放弃所有休息的时间；在家，我不与人玩耍，甚至不知道饥饿，白天过完就挑灯夜读。当时，只有一个信念：一定要考上大学，为了爸爸！在冰天雪地的日子里，在哈气成冰的夜晚，我坐在炉火旁学习，爸爸会为我烤一只甘甜的红薯或者为我做一碗热腾腾的汤面，那汤面有姜丝、葱花，再滴两滴小磨香油，满屋子都是香气，我吃得满头大汗、心满意足。那是真正的人间美味！考入大学离开家乡以后，这样的美味就再也没有吃到过了。

即便是以后考上了大学，我仍然不是兄弟姐妹中最优秀的一个。爸爸之所以对妈妈说那番话，也许并不是单纯要鼓励我，他可能是用这样的方法让妈妈对我多一点关注，让这个瘦弱得风一吹就能倒的女儿能多享受一些母爱。

我一直认为，腾格尔是目前国内真正的歌唱家。一首《父亲和我》被他演绎得精彩绝伦、荡气回肠。在爸爸去世若干年后，每到他的祭日，我就会一个人静静地待着，在那个让我寒冷得无处可藏的冬夜里，倾听着腾格尔演唱的《父亲和我》，任由泪水汹涌，与爸爸相处的一幕一幕如幻灯片一样播放……

最最寒冷的是1999年农历十一月初六的那个夜晚。在住了三个月医院之后，在我以为他很快就会痊愈出院的时候，他的病却越来越严重，在那个夜里，凌晨两点三十分，爸爸松开了我的手……

我忍住眼泪，端来热水，用雪白的纱布蘸水为爸爸洗脸，一点一点很认真地擦，看他脸上的皱纹渐渐平复，皮肤光滑如婴儿一样，我的心痛如刀割，和爸爸相处的分分秒秒在我的眼前一遍遍闪现，那些曾经的温暖，那些如山的父爱，那些他忍辱负重的年华，那些拼命工作的场景……那披一身积雪进门的身影，那风雨飘摇的冬夜背着我去医院的匆匆脚步……所有的温暖都定格在那里，无法延续到这个冬夜。

三个月的时间是那么漫长却又是那么短暂！1999年的那个冬天格外地寒冷。三个月医院的日夜陪伴却换来永久的分别。十一月初六的那个夜晚，成为我人生中最黑暗、最寒冷、最伤痛的一个夜晚。我被这样的伤痛击垮了。在以后很长一段日子里，我不敢想医院，不能看到任何有关父亲的文字，不能听任何人喊叫爸爸……有关医院的讯息，有关父亲的文字，任何人喊叫爸爸的时候，都会让我的心疼痛得像针扎一样，我把自己关进房间，每一天的日子都如那个夜晚一样，让我疼入肺腑，让我寒冷彻骨。

冬夜里，希望这些疼痛的文字，带去我深深地思念。

若干年以后，我一个人在外打拼，支撑我信念的是爸爸曾经对妈妈说的那番话，虽然我仍然没有姐姐和弟弟那般优秀，虽然我依然平庸，但是它却给予我无穷的力量，鼓励我努力工作，努力写文，好好生活，不蹉跎年华。

又是一年暖冬，无雨无雪。在每一个夜晚，我安静读书或者认真写文的时候，内心都满是温暖与感动。爸爸不在了，他的爱还在，他给予的温暖还在。这些是我一生用之不尽的财富！

母　亲

母亲是我的偶像。她有一双无所不能的手，能在很短的时间端出一桌美味的饭菜，能让凌乱的房间瞬间变得整洁，针线活家务活样样拿得起放得下，更让我佩服得五体投地的是，她居然会绣花。小时候，她给我做过绣花鞋，穿上鞋子，脚上像放上去了一朵鲜花，老让我担心那花儿会掉下来，因此，就小心翼翼地走路，更不会打闹蹦跳，唯恐弄坏了鞋子。以至于我成年以后，也没有同龄女孩儿那么活泼好动，很多时候，我能够安安静静地坐下来读书，也许和那漂亮的绣花鞋有关吧。

母亲是个要强的人，事事不愿落后，也不愿意开口求人。印象中，母亲白天有做不完的家务，晚上在灯下为一家人做衣服鞋子，一件旧衣服，她能够改做得像新衣一样，所以，即便我穿的是姐姐的旧衣服，仍然如新衣一样漂亮。那时候，家里经济条件不好，可是，我们仍然吃得饱、穿得暖，没有受到丝毫的委屈。当很多同龄人讲童年的种种不堪的经历时，我总是深深庆幸，庆幸我有一个能干的母亲，有一个宠我如公主一样的父亲，有一个幸福的童年，因此，对父亲和母亲深深的感恩深植在我的心里，直到地老天荒！

十四年前，母亲第一次登上了长城，站在长城上，她脸上的笑容让我终生难忘。记得当时，她带着我女儿与我爱人一起非常豪迈地往上走去，而我却因为体力不支，不得不停在半道等他们。望着母亲的背影，我当时真为自己感觉羞耻，母亲迈着坚定的脚步，很轻松地走在大家的前面，我年纪轻轻却没有力气走完全程，只能坐在城墙边等他们上去再下来。当我坐在地上向家人说我不走了，就在这儿等他们时，老妈转过身来，一脸同情地看着我说："坚持一下吧，来，我拉着你。"爱人和女儿都哈哈大笑，那一刻，我感觉羞涩，同时也感觉幸福，不管如何，母亲很健康，被母亲照顾着，仿佛自己回到了童年时代，幸福的滋味弥漫开来。

有母亲爱着，我感觉自己还没有长大。

我有时会在傍晚骑着单车去看望母亲。临出发前，我会很认真地对着镜子收拾自己。无论怎么样，我都希望自己神清气爽地站在母亲面前，不想让母亲看到我有任何不开心，不想让她看到我有任何一点生活或者工作的压力。在母亲面前，我是阳光的、健康快乐的，我希望她因此能多一份快乐！真心希望！

每一次去看母亲，我都不吃饭，到了以后，我会告诉母亲我吃过饭了。母亲一边埋怨我不该吃过饭再来，一边会去厨房为我端出来她亲手做的家乡饭菜，让我尝尝好不好吃。我总是装着不情愿的样子先尝尝，然后大赞好吃，于是就忍不住把她端来的饭菜一扫而光，吃完后，我揉着自己的肚子说："就这么一会儿连吃两顿，老妈你是非把我养得膘肥体壮不可，谁让你做那么好吃哦，我忍不住吃这么撑。"说完，我再叹口气："唉，我的减肥计划泡汤了哦。"每到这时，母亲就特别开心："不减肥，瘦了不好。"

母亲是个智慧而幽默的老太太。她常常出其不意地把一些事情喜剧化，给生活带来了很多乐趣，也让我们在笑声里学会思考。

一天中午，我和姐姐一起去看她。看到我们到来，母亲照例开心地去厨房忙活了。午饭一如既往地丰盛。她先做好了油炸鱼块，然后准备做一锅鱼块汤。做汤的时候，我告诉母亲："妈，别放那么多鱼，我只喝汤，不吃鱼。"

姐姐在客厅里也喊："妈，我也只喝汤，不吃鱼。"

母亲没有说话，继续在厨房忙活。

开饭的时间到了。饭桌上有三碗热气腾腾的白开水。看着我和姐姐惊异的目光，母亲淡定地说："我也不吃鱼，只喝汤。喝吧，汤，没有鱼。"

我和姐姐一同大笑。

笑过之后，我突然感觉无比内疚：母亲辛辛苦苦地做饭，我居然还挑三拣四，真是不应该。中午在一起吃饭，本应该开开心心，母亲做鱼汤，三个人中有两个人声明不吃鱼，她一个人吃有什么意思呢？索性，汤中不放鱼了。

笑过之后，我和姐姐都向母亲道歉。从此之后，母亲做的鱼汤再也不是白开水了。我们吃饭也不再挑挑拣拣了。

我们都很珍惜和母亲在一起的时间，有空闲的日子，兄弟姐妹分别会陪她去旅游，让她看看外面的世界。母亲身体很好，无论去哪儿她都能吃得惯、睡得香。我们一起玩的时候，她根本不需要我照顾，甚至她会照顾我，在旅游景点，她仿佛不知疲倦，健步如飞，比我利落多了。但是，她也有脆弱的时候，她有点晕机。飞机刚起飞，渐渐升高的时候，她的脸色会变得蜡黄，我知道她有点晕机，但是她不说，她怕我们会担心她。每每这个时候，我都会紧紧抓住她的手，另一只手轻按她的合谷穴，让她慢慢适应飞机在高空飞行。飞行速度平稳之后，她的脸色就会缓和下来，喝一杯空姐送来的热咖啡，慢慢恢复正常。然后，她会和我一起看舱外白云悠悠，景色迷人。姐姐和弟弟们谁有时间也都会陪她去外地走一走，每一次旅游回来，母亲都会非常开心，她说她是个幸福的老太太，她知足了。

我不知道母亲对幸福的理解是什么，但是我知道自己内心的感受，能够和母亲相守，享受着她的关爱，我感觉自己是世界上最幸福的人。

静等春暖花开

每年的春节，我们都会从外地赶回老家。兄弟姐妹齐刷刷地聚在母亲家里闹腾。喝酒、打牌、聊天，还会开车到允许的地方燃放烟花爆竹。平时，男生们负责做饭，女生们负责打杂，煎炸烹炒各种美食，精心制作传统菜肴，一家人吃吃喝喝，玩玩乐乐，仿佛回到了童年时代，那种快乐和幸福无与伦比。

辛苦了一年，大家不再讲工作，各种烦恼各种不顺心的事情统统抛到九霄云外，一家人在一起，唯有欢乐与幸福。这份快乐和幸福每年都会让人感觉满足，并对来年充满期待。这个新年，如果不是因为疫情，我们还会快快乐乐地一起玩耍、一起嬉闹。

又是一年腊月二十六，我买了米面油和一只猪腿送到母亲家里。一起过年，年货总要多准备才是。

大弟弟一家腊月二十七从郑州返回，小弟弟说是年后初三回来。我妈对即将全家大团聚的日子充满期待。

年三十，疫情越发严重，各地已经封路。小弟弟打来电话，告知过年不回来了。疫情就是战争，战争已经打响，他要和他的同事们一起留下来工作，放弃年假，返回到工作岗位上去，是他义不容辞的责任。我们都表示支持理解。母亲感觉很失落，但还是告诉他以工作为重，疫情结束再回家。

外甥也打来电话说不回来了。各地封路，不乱跑就是为国家做贡献吧。

晚上，春节联欢晚会如期开播，我却看不进去任何一个节目。

我开始和亲友联系，告诉他们今年年后不再互访串门。和母亲视频，她说：“不用过来拜年了，病毒那么厉害，在家待着吧。”

一年一度的家人团聚就这么取消了。

宅在家里，开始研究饭菜。平时，我是对饭菜没有太多要求的人，厨艺不精，也不愿意为吃饭多下功夫。如今家门不能出了，就想方设法做一个厨艺高超的厨娘吧。年货准备充足，儿子想吃什么，我尽量尝试着做出来，且不说味道如何、他吃得开不开心，我是被自己感动了。原来，我还有如此才能，把厨艺提高到能开花的水平。

每天吃吃睡睡，体重很快飙升。我不敢照镜子，怕被自己肥胖的大脸吓坏了。儿子说：“没那么夸张，没看出来胖了。”

安慰也好，实话也罢。饮食是应该注意了，控制一点总是好的。也免得“二月不减肥，三月徒伤悲”。

年后，除了生活超市开门，各种商店及公共娱乐场所仍旧关闭。这可闷坏了我家这个精力充沛的年轻人。去不了健身房，没处健身，吃吃睡睡的日子让他感觉沉闷。

初八那天，他问我：“妈，你准备啥时候回北京？”

我说：“年前计划就是这几天返京了。”

他说：“不想待在家里了，想和你一起回北京。”

我说：“回到北京也一样待在家里，不能出门。”

他说：“嗯，不出去。”

订了正月初十的高铁票，我和儿子一起返回了北京。

到了小区门口，有社区工作人员为我们量体温，然后让我们登记。我如实填写身份信息，手机号码，何时离京，有没有疫区接触史等等。填写完毕，顺利进入小区回家。到家之后，感觉疲惫又饥饿。但是冰箱里空空如也。也不想去超市。儿子叫了京东送菜，我洗个热水澡，静等食物和蔬菜送上门。

从下午一点钟等到四点半，饿得快虚脱了，食物还没有送来。我打了几个电话，派送员回复说稍等稍等。非常时期，他们很忙，我能理解，所以，也能保持心平气和。下午五点，米面和蔬菜终于送到，快递不能进小区，必须自己下楼到小区门口去拿。

儿子在他的房间里睡得正香。这孩子，难道不饿吗？

无奈，我只得拉起购物车强打精神去小区门口。

派送员戴着口罩站在小区门口，地下党接头一样问我订货手机号码，确认无误后，他把物品放进我的购物车里，我向他表示感谢，然后拉起购物车回家。

简单的饭菜很快做好，我和儿子匆匆用餐。米粥和青菜原来这么美味！食物，让人如此心满意足。和那些站在寒风中值班的社区工作人员相比，我们能在家里享用热腾腾的食物，是一件多么幸福的事情。

从来都没有什么岁月静好，只是有人替你负重前行。

向辛苦工作的社区工作人员和志愿者致敬！

没有人要求我们隔离，但我还是决定在家隔离 14 天。外地返京人员，自觉隔离，不到外面走动，不给政府添麻烦，也算是我为抗击疫情做贡献了吧！

上去称称体重，比年前足足重了四斤，这让我感觉害羞，一饱口福、口无遮拦的后果就是这么严重。都说每逢佳节胖三斤，我这可是胖了四斤呢。看来，减肥又要提到议事日程上了。

运动是最好的减肥方法。不能出门就在家运动也是一样的。客厅里铺个垫子，光脚在垫子上原地跑步，既不影响楼下邻居又能达到锻炼目的，我被自己的创意美得笑出了声。

心情慢慢恢复平和，不再被疫情吓得心惊胆战。这场声势浩大的人民战争，没有人能置之事外。最美天使奋战最前方，各行各业都尽最大努力为抗疫做工作，普通百姓宅在家里不出门，全国人民就这么齐心协力，病毒能不死吗？

每天给儿子做饭，厨艺貌似进步不少。最开心的是，和孩子在一起，我感觉自己母爱爆棚，心若彩虹。

越来越像一个母亲，越来越温暖慈祥，我仿佛看到自己内心深处的刚强在慢慢变得柔软、柔软。

做饭、洗衣、收拾家务；手机上刷新闻，听喜欢的歌曲；看书，或者写文。时光静悄悄流淌，十四天自我隔离期满，可以自由行走了。小区的管理却越来越严格了，每家每户领取了出入证，出门的时候，量体温，返回时，再量体温。除了购买蔬菜食物，还是不能出门。

儿子宅在家里，门口也没出一步。这么长时间没去健身房，他貌似不再关心外面的健身房开没开门。他一样每天刷手机，关注疫情。学校开学时间还没有通知，他还要继续安安静静地宅在家里，陪伴老娘。事实上，除了陪伴，他也别无选择。有时候去超市购买食材，我会问他想不想出去放放风，他说：“得了，还是待在家里吧，超市人够多了，少去个人减减负吧。”

于是，我就自己出门。

儿子健身锻炼，对自己的身材要求很严格，吃的东西也有要求，不吃太油腻的东西，猪肉也不吃，只吃牛肉或者鸡肉。超市里卖的是冻鸡，我看不像新宰杀的，就没有了购买的欲望。

我常常买新鲜的牛肉回来，用高压锅压熟，作为一个常备菜供他食用。他爱吃米饭，对面食不太喜欢。这样一来就比较简单了，中午做了米饭，留下一碗，第二天早上炒米饭当早餐。饭菜简单，但我会尽量保持营养均衡。胡萝卜、菠菜还有一些叶子青菜，也会给他做了吃。只要没有肥肉，他倒不是太挑剔。我的厨艺不精，但我尽力把饭做好。无论如何，当厨娘也要有厨娘的样子，总不能太差劲吧？

每天早晚，我会在室内运动。垫子是很厚很软的绒布，铺在地板上，光脚在上面慢跑，确认不影响楼下邻居，我才放下心坚持锻炼。每日的运动量慢慢加大，效果还是比较明显的，很快地，凭实力增长的肥肉还回去了。二十多天减掉五斤，这效果让人惊喜。看看镜子，脸一如既往肥胖，但它是父母所赐，必须爱惜。所以，胖就胖吧，我自己并不讨厌。

疫情在向好的方向发展，我还是决定宅在家里，等待云开雾散，春暖花开。

老　屋

老屋坐落在村头，门口有一棵大桐树，门前有一条小河。我在这里出生，在这里成长，在这里度过了幸福的童年时代。

那时候，门前的小河水还很清澈。站在河边，能清晰地看到鱼儿在水里游来游去。我常常站在河边望着水里的小鱼发呆，也看河对岸青青草地上飞来飞去的小鸟。更多的时候，我坐在门前的大桐树下，听鸡鸣狗叫，看日出日落。

老屋共有三间正房。我记不得兄弟们是如何居住的，只记得我和姐姐们与奶奶住在一起。奶奶是个干净整洁的老太太，她的头发常梳得油光光的扎一个小髻在脑后，衣着永远干干净净，三寸小脚穿着的手工布鞋纤尘不染。无事的时候，她拿着烟袋在那里吸烟，一小口一小口地吸，优雅而有气势。难得的是，她有一手接骨正骨的手艺，且技艺精湛，方圆几十里无人不知无人不晓。经常有脱臼的孩童在家人的陪伴下，哭天抢地而来。奶奶总是一边轻声细语安慰，一边慢慢地触摸伤处，待伤者不备猛地上推，听得骨骼清脆的撞击声，伴随着伤者一声哀号，脱臼的关节一下子复原，伤者马上恢复自如，哭闹的孩子即刻变得欢天喜地，一家人千恩万谢而去。奶奶若无其事地拿出烟袋点燃，慢悠悠地一小口一小口抽烟，那一份淡定从容让人膜拜。

奶奶为人接骨正骨完全是义务劳动，从来不收取任何费用。对于那些骨头碎了或者伤势特别严重的患者，奶奶会要求他们马上去医院，从不吹毛求疵贻误病情。这使她落得好人缘，受到乡邻尊重。

爸爸在外工作，每次回来都会给奶奶买些好吃的东西。有大块的冰糖、红彤彤的大苹果、黄灿灿的橘子和甜糯的香蕉等等。那些东西，我和姐姐不止一次地见过，而奶奶总是把它们收起来，在合适的时候和大伯家的儿子一起享用，我们女孩子是吃不到的。我亲眼看到大块的冰糖，比爸爸的拳头还大，晶莹剔透地闪着亮光，心里一直好奇这么大块冰糖，奶奶该怎么把它吃下去？苹果很大很红，让人垂涎欲滴；剥开的橘子，一瓣一瓣，黄色的丝纹清晰可见。奶奶总是适时转过身去，不再让我们看下去。后来，我们都习惯了，只要父亲把好吃的送给奶奶，我和姐姐就远远躲开。在奶奶眼里，女孩子终究是没用的。1986年秋末的一天，奶奶去世了。那天，我正在学校上课，父亲匆忙把我接走，带到奶奶的床前。奶奶此时已经是枯萎的油灯，没有了生气。见儿孙们都在眼前，她放心地闭上了眼睛。父亲悲痛不已，涕泪长流。父亲如此伤心，让我无比难过，忍不住落下泪来。

奶奶去世以后，父亲每次回来仍旧会带好吃的。有大块的冰糖、橘子、苹果、香蕉，还有点心。母亲会把大块冰糖放在一块干净的白布上，用小铁锤轻轻敲开，把它放进开水碗里让我们喝。我这才明白原来大块冰糖是这么吃的。但我突然间对冰糖，对所有甜的食物，包括大白兔奶糖和点心，都没有了兴趣。一直到现在，所有的甜食都吸引不了我。都说甜食是“毒”，恰恰利于修身养性。

爸爸有一个哥哥，也就是我的大伯。他是个精明能干且封建家长作风严重的人，脾气暴躁得如麦秸火一样，一点就着。父亲读书的时候，大伯是给予了支持的。所以，大伯对父亲很少有好脸色，动辄就是训斥。有时候，他训斥父亲并不是因为父亲犯了什么错，而是为了在大庭广众之下显示他兄长的威严。面对莫名其妙的训斥，父亲向来是微笑倾听，从不辩解。一位中学校长，一个知识分子，被他的哥哥在众人面前无端训斥，且微笑面对，那一份涵养，那一份克制，让人心疼，让人难过又无奈。

唯有一次大伯训斥父亲的时候，我看到父亲脸色阴沉，十分可怕。那是一个周末的上午，大伯把父亲从老屋叫出去，我远远跟在后面，想知道大伯找父亲有什么事。在老屋外不远处，大伯停了下来，开始劈头盖脸训斥和谩骂父亲，我被大伯的怒火吓得差点哭出声来。这次，父亲没有笑，脸色阴沉得能拧出水来。大伯高高低低的训斥声让我听清了大致意思：我和二姐小学毕业了，大姐也上了高中，女孩子读书没用，抛头露面的不成体统。责令父亲让女孩子统统辍学回家，干活挣钱。大伯骂完之后，父亲一言不发，转过身拉起我的手就走。回到家，父亲没有向任何人提这事，而是收拾东西，让我们各自返校读书。

原来，父母辛苦供我们读书，还要承受来自外界的压力。那一刻，我在心里发誓：我一定好好读书，决不让父母因我而蒙羞。

因为此事，让我对大伯心存芥蒂。直到多年以后我才明白：大伯其实也是爱父亲的，他看到父亲要供养五个孩子读书太过辛苦，才逼迫父亲让女孩辍学。大伯家的两个女儿就早早辍学，扛起锄头，过着日出而作日落而息，面朝黄土背朝天的日子。

我们参加工作以后，逢年过节，我和姐姐都会备了礼物去拜见大伯大娘，有时也给他们一些零花钱。晚年的大伯，终于对我们姐妹露出了笑脸。

父亲是个温和、幽默的人。他长得高大帅气，皮肤白净，两只眼睛闪烁着温暖睿智的光芒。他从来不打骂我们，对每一个孩子都是呵护备至。和大伯的教育方式不同，父亲对女孩特别包容，对男孩要求严格。

对于我们来说，最快乐的日子就是过年了。过年的时候，兄弟姐妹聚在老屋，一起玩耍一起嬉闹，一起做游戏，一起分享美食。父亲会给我们每个人买一身新衣服，母亲为我们每个人做一双新布鞋。和男孩子的圆口布鞋不同，女孩子的新鞋是非常漂亮的绣花鞋。我把鞋穿在脚上，双脚一动也不敢动，唯恐鞋上的花朵会掉下来。父母慈爱地看着我们，满脸的幸福。准备了新衣，家里还会置办丰盛的年货。父亲会买很多猪肉，大概半只猪的样子。母亲会把肥肉炼成油，用大瓦罐盛起来；把油渣剁碎包成包子，香得满口流油；用大铁锅煮一锅猪肉，煮好之后捞出来放进一个大瓦盆里；再把鸡鸭鱼肉切块，绿豆泡发打成粉备用。在腊月二十五六那两天，用油把这些食材炸出来，那一天我们当地叫“炸菜”。“炸菜”是很隆重的日子，有的人家甚至把小孩子轰到外面去，以免孩子说错话而触犯了神灵。

我家小孩不需要到外面去，我们都守在锅旁看父母一点一点认真制作美食。有一次家里“炸菜”的时候，不知是谁说了一句油太多了什么的，母亲赶忙制止，告诉我们不要说不吉利的话。父亲童心大起，双手朝油锅作外泼状，大喊：“油，油，都跑吧。”然后笑问母亲：“看看油是不是还在？”他说：“过年了，大人孩子都开心就好，不要搞得神神秘秘，让孩子受约束。”母亲微笑不语。

从此，每年“炸菜”的日子，我们都守在厨房里，想吃什么就吃什么，想怎么闹腾就怎么闹腾，欢声笑语飞出小院，飞到很远很远。

后来，大姐考上了大学。她是我们村第二个大学生。第一个是工农兵大学，真正考上的大姐算是第一个。此后的几年里，兄弟姐妹靠自己的努力考上了大学，陆续走出村庄，有了自己的事业。

“树欲静而风不止，子欲养而亲不待。”转眼之间，父亲去世已经二十年，他的音容笑貌举手投足，无不浮现在眼前。

老屋依旧挺立在那里，却已经破旧不堪，门前的小河也已经干涸。和乡邻们家的楼房相比，更是显得低矮、寒酸。每次我们一回到老屋，老屋仿佛一下子焕发了生机，显得温情脉脉、生机盎然。我仿佛看到父亲坐在老屋内，面带笑容，满目慈祥。多年无人居住，老屋依然守候在那里，一如那绵绵不绝的父爱，让人温暖，让人泪目。

村里人开始说老屋风水好，有几个人跑去城里找我妈，想出钱买下这块“风水宝地”。母亲自然不会变卖老屋，我们兄弟姐妹也舍不得丢掉老屋。

其实，每一个家庭最好的风水是儿女们拥有一双贤达、开明的父母。因为我们有让人艳羡的父母，老屋才飞出了金凤凰，在乡亲们眼里，老屋才变成了“风水宝地”，才会历久弥新、熠熠生辉。

回　望

走在小城的街道上，感受着秋末阵阵寒意，我的心情随飘落的秋叶一起翻飞。找不到的过往，看不尽的秋伤，回不去的村庄。

站在时光的隧道口，回望遥远的时光，我看到蹒跚而来的幼年的自己，奔波在路上，从村庄到遥远，从少年到迟暮……我看到父亲高大的身躯，英俊的脸庞，温暖的笑容，离我越来越近，却又突然消失不见，让我心痛不已泪流满面……他真真切切地离开了我的生活，把他的温暖留在了我的心底。

犹记那年冬天，一个大雪纷飞的日子，我和父亲一起从学校返家，雪下得很大，积雪很深，我小小的身躯非常吃力地跟在父亲的身后。积雪很深，几乎将我吞没。见此情景，父亲蹲下身，让我趴上他的肩头，然后背负着我一步一步地行走。走进家门，我一身白雪，而父亲满头大汗。此情此景，定格在我的记忆中，在以后若干个冬日里，随着飘落的白雪蹦出来，让我温暖，让我落泪。

在老家河南，有一个和清明节一样重要的日子——农历十月初一，这是祭拜故去亲人的日子，很多在外的游子也会在这一天赶回家，祭拜亲人。父亲去世后的第一个十月初一，我和姐姐一起从北京返回老家，为父亲上坟烧纸钱。坐在父亲的坟前，以往的一幕一幕跳跃出来，仿佛看到父亲在对我微笑，高大的身躯挺拔如松。他就在眼前，却又远在世界的尽头。我忍不住哭了，他去世多年，这伤痛仍然在我的心里，在我想念他的时候，让我的心生疼生疼。

几岁的时候，父亲带我离家在外读书。他既当爹又当娘，把我恩养大。我对他的感情任何人都不能比。他为我洗衣做饭，为我洗头梳头，想尽一切办法为我改善伙食，在那个物资相对匮乏的年代，我仍然吃得饱有营养，这让我的身高比同龄的女孩高出许多，在我成年以后，我仍然是家里女孩中个子最高的人。

父亲是非常慈爱的人，他细心呵护着我们的成长，从来没有打骂或者呵斥过我。父亲同时也是一个严厉的人，对我们学习要求严格。那个年代，有子女顶替接班的政策，周围有的人早早退休就是为了让子女接班工作，端上铁饭碗。别的单位接班还好说，教育上接班真让人无语。明明是学渣，却因为父母是老师而顶替进来教书。对这样的政策，父亲的内心是抗拒的，他告诉我们，在我们家不存在接班一说，自己考得上就上，考不上自己找事情做，他不可能让我们任何一个人顶替接班，以免误人子弟。

当年学习，不是为了理想，而是为了一份安稳的工作。每个人都很努力，直到兄弟姐妹一个个靠自己考出来。毕业分配工作以后，父亲对我的工作很满意，那时候，他身体状况已经很差了，在我结婚生子之后，最需要帮助的时候，他又一次站到了我身边，帮我看孩子。

记得有一年春天，我和父亲一起带孩子去郊外踏青，那天，阳光煦暖，风和日丽，一望无际的大平原，麦苗如绿色的海浪，在阳光的照耀下熠熠生辉。父亲在路边蹲下来，指着地上的野草问我这是什么草？我看看告诉他，这是“七七芽”。他又问一种野菜，我告诉他那是“狗儿秧”。“七七芽”是不能吃的，而“狗儿秧”却是比较美味的野菜，做手擀面的时候，放进“狗儿秧”，又滑又嫩，好吃得不得了。见我答出来了，父亲满意地点点头：“行，还记得。”我开心大笑。生于此，长于此，即便我离开了土地，我仍然会记得庄稼的味道；即便我不做农活，我也记得野草野菜的模样。这就是故土！

在兄弟姐妹中间，我是和父亲在一起生活时间最长的人，受父亲的照顾最多，得到的关爱也最多。在他去世以后的许多年里，我仍然无法走出伤痛。很多时候，我想到医院就会难受，看到父亲两个字就会大哭。曾经以为我也会死，但梦到父亲那充满慈爱的温暖的目光，告诉我他希望我能好好生活，他说，团结兄弟姐妹，孝敬你的母亲。

听他的话，也许这就是对他最好的怀念吧。

当我在遥远的北方城市回望家乡的时候，我想念的仍然是父亲。“我独天涯听夜雨，寒灯三处照相思”。也许他能感知。

父亲其实是不得志的。当年在学校，他是一把手，他亲手提拔起来的那个副职，在副职的位子上待了两年之后，开始觊觎正职的位置。为了取而代之，那个人在背后利诱一些同学写“黑材料”，在校园里，我亲耳听到两个男生边走边议论此事。放学回去之后，我告诉了父亲，父亲微微一笑说：“别听他们瞎说，不会有事。”有同事看不过，偷偷找父亲，说那个人在用“文革”那一套整你的“黑材料”，让父亲去找领导解释解释。父亲说：“清者自清，相信组织。”他坚持不肯弯腰。后来那个人如愿以偿，父亲被调往最边远的一所学校。拿到调令的那一刻，父亲依旧微微一笑，一句话也没说，直接去报到了。

那个人终于当上了那所中学的一把手，并利用职权把子女安排进学校。

因为身体原因，父亲早早离开了他所热爱的教育事业。退下来之后，他变得沉默抑郁，不再和任何人谈及工作。唯独说到孩子的时候，父亲的眼睛开始放光，眼里闪烁着快乐而自豪的光芒。他说，孩子们各自能够自食其力成为对社会有用的人，他很欣慰。有人提及那个人利用职权把子女安排进学校，父亲一笑了之，然后便深深地沉默。

他能说什么呢？他可以管得住自己，却无力对抗社会风气。东坡居士那么有才，在朝中一度身居要枢，不也慨叹“人生如逆旅，我亦是行人”吗？

现在，各行各业的铁饭碗已经废除，学校的老师需要经过严格的考试才能入职。这样的情形应该是父亲所希望的吧？越来越多的高学历高素质的年轻人考进教学一线，成为教育战线的主力军。教育，后继有人了。那些学渣再也没有机会进入学校误人子弟了。

从这一点来说，父亲可以安息了。

父亲是勤勉而严谨的人。他本可以不代课，轻轻松松做管理工作，可他还是给自己安排了繁重的教学任务，带一个班级的语文课。他在课堂上对同学们的要求是严格的，在他的课上，教室里安静得能听到自己呼吸的声音。他文笔很好，写文章是一把好手，于他而言，教授语文课程也许是一种享受吧？

对于他自己，他几乎到了苛刻的地步。那时候，他的身体已经出现了状况，有一次上课的时候，他突然晕倒在讲台上。那时没有电话，也想不起来急救，我和一班同学就这么安静地待着，没一个人说话，也没有一个人出去。差不多两三分钟的时间，父亲苏醒过来，他从地上爬起来，若无其事地继续讲课……彼时年幼，想不起来催父亲看病，他数次晕倒之后也不去医院，而是继续工作。说起来难过，那时医疗费用根本无处报销，父亲又不愿意开口求人，所以干脆不去医院。他微薄的工资要养家糊口，要供养我们兄弟姐妹读书，哪里有钱去医院呢？后来我和姐姐参加工作之后，主动承担了父亲大部分医疗费用，在他身体不好的时候，我们带他去大城市的大医院看病。直到他去世，他的医疗费用也是我们自己解决，他从来没有开口求人，没有为国家添一点麻烦。

在父亲住院的日子里，母亲和我们一起二十四小时陪伴，我和姐姐让她回家休息一会儿都不肯。父亲睡着的时候，母亲才在一旁的小折叠床上睡一会，父亲醒来，她马上坐到他身边。亲情也好，爱情也好，父母之间恩爱了一辈子，在他最后的日子里，母亲一直陪伴，于他是不是也算一种幸福？

父亲工作上严谨，生活中又不乏幽默。一位校友向我讲起了一件事，说当年他在学校读书的时候，有一天吃过饭和另外一个同学下棋，很多同学过去围观，我父亲不知何时也加入了围观的行列。激战正酣，上课预备铃响了，该同学站起身准备回教室，我父亲一把拉住他说："别急，把这盘下完。"……讲起当年，这位同学很感慨，说校长是一位可亲又幽默的人。

父亲有一个"缺点"，就是不擅长吵架。无论在哪里都是一副彬彬有礼的模样。有一次在村里，不知道什么原因，有个人对他大喊大叫，父亲微笑着站在那里，一言不发。当时，我在一边急得心里冒火，暗暗埋怨父亲窝囊。长大以后才理解，那是知识分子的涵养与气度。"好言一句三冬暖，恶语伤人六月寒。"父亲教育我们不要借豆腐心原谅自己的刀子嘴。与人为善，不做伤害别人的事情。提升自己的修为，而不是逞强好斗。

不争强好胜，不言语伤人，低调做人，低调生活。这也是父亲留给我们的精神财富之一。

我家住在村东头，门前有一条小河，门口有一棵大桐树。当年，河水清澈，河边绿草如茵，门前树木葱茏，视野开阔，空气清新，蛙鸣鸟唱，景色宜人。而今，小河已经干涸，绿草已经变黄。从这里到父亲的墓地大约五分钟的路程，但对于我们来说，却是相隔了阴阳两个世界。

在这个十月初一的日子里，我和姐姐来看望父亲。我们都不说话，坐在那里一直哭一直哭……回不到过去，也抓不住时光，我的无助在秋末的田野里游荡。所有过往的一切幸福和快乐都印在心底。愿以后的日子里，我能珍惜爱与被爱，像父亲一样堂堂正正做人。

坐在坟前冰冷的土地上，我的内心抑制不住地悲伤。父亲，你的勤勉，你的辛苦，你的付出，你的委屈，你的坚持与倔强，你的苦痛和心伤，你的自律，你的善良，以及你挺直的脊梁……都让我心痛得无法言说。你在天堂，而我在人世间游走。我一如既往还会返城，这一去虽然是山高水长、江湖路远，但我们父女终究会后会有期！

第五辑

在心里

注定让一生改变的

只在百年后那一朵花开的时间

窗 外

深冬。窗外已是满目萧条，枝头悬挂的几片枯叶在风中飘摇，害羞的太阳在云里穿来穿去，好像只等下山，早早钻入黑暗中，拥抱那至暗至冷、最孤独却又最安静最享受的黑夜。

风轻轻吹过，树上的枯叶沙啦啦坠落，在每一个摇曳生姿的飘落中，都有一种眷恋、一种无奈、一种遗憾，或者一种伤感与决绝。

坐在室内阳台的一角，我看着面前的花盆发呆。陪伴我走过春夏秋三季的花儿，始终逃脱不了枯萎乃至灭亡的命运。这让我无比悲伤，又无比自责。我不知道如何去养护它们，也不知道如何才能让它们安全过冬。如果，我把它们置之窗外，是不是它们会消亡得快乐一点？

想起了武姐姐，她家里到处都是鲜花，一年四季各种鲜花争奇斗艳，楼上楼下，香气四溢。家里收拾得干净利落，纤尘不染；她的书柜里摆满了各种书，客厅的茶几上搁着从图书馆借来的世界名著。午后或者夜晚，拿一本书，面前一杯咖啡，或者一杯红酒，在鲜花环绕的房间里，就这么享受独处的时光，这样的日子，是不是很精致很小资？武姐姐就是这么精致的人，她过着这样精致的日子，也算是生活给予她的馈赠吧！

我连阳台上的四盆花都保护不了，这让我感觉颓败与忧伤，在寒冷的季节里，眼睁睁地看着它们枯黄、凋零，然后无声无息地蜷伏在花盆里，我的无奈与伤感无限蔓延，在纠结的疼痛里，期待来年春季的再一场重逢。

冬天已经这么过去了，春天还会远吗？突然想起一首诗“君问归期未有期，巴山夜雨涨秋池。何当共剪西窗烛，却话巴山夜雨时。”虽然这是写秋天的，与春天无关，但是此时此刻莫名地想起来，没有为什么，只是眼前突然闪现的景色，勾起心头那一种期待。

花盆里的花不能陪我过冬了。我目送它们枯萎之后，好像看到它们的灵魂穿过窗口飘向了远方。

想起了陪伴的日子，想起了日常的点点滴滴，我的眼里噙满泪水。此时，想念一个人，心被撕扯得生疼，在泛着浪花的记忆里，温暖与幸福绵绵而来。

和武姐姐读的书不同，我读的书大多根据需要而读。读很多幼儿绘本，也听幼儿歌曲。那些色彩明丽，内容简单，动感十足的绘本，带给我很多快乐。我不知道是不是因为喜欢研究绘本的缘故，我感觉自己的智商和情商都处在比较简单的位置，保留一份快乐一份童真，也许才能让自己真正快乐起来吧？

相比阅读绘本，听儿歌的快乐来得更直接、更干净、纯粹，宛若天籁的童声，好像叮咚的泉水，瞬间治愈人的内心。感谢我的这份工作，让我不得不阅读、研究绘本，不得不去倾听儿歌，感受最干净的童真。

阅读绘本已经成为生活的一部分，有时候并不是阅读，而仅仅是陪伴，看着它们，心情明亮，万物可爱。

和武姐姐家的花香满屋不同，我家里到处是书。人文地理、科普动漫，以及文学与医学，不一而足。如果不去阅读，那就是暴殄天物，对不起“书山有路”这四个字了。

感谢我自己的这份工作，让我有机会认识那么多文友，那么多有成就的作家。很多作家朋友赠给我的书，就是我阅读的另外一种需求。

朋友们送我的书，我不能保证全部仔细阅读，但我会尽可能抽出时间，认真读一些我认为精彩的章节，然后粗略阅读全书。捧着每一本书，就像捧着一颗滚烫的心，与作者对话，也与自己的灵魂对话。阅读着，学习着，也进步着。

阅读打开了一扇窗，开启了思维之门，让我看到了窗外广阔的世界。

我看到了色彩斑斓的图画，也看到了睿智悲悯的你。你踩着鼓点而来，音乐的美好滋润心灵。这是文字带来的喜悦，也是我精心经营的世外桃源。一如美酒，再如爱情。

走过山川，跨越河流，在每个有风有雨的日子里，有咖啡有文字，也有诗酒与远方。我看着你，眼神迷离；你从远方来，踏着云朵与浪花，在我的窗外停留、栖息。

刘亚荣老师的一本书是《与鸟为邻》，看书名就是那么唯美、浪漫。打开窗户，鸟语花香，美不胜收，想想这画面就让人感觉快乐。与鸟为邻的日子是多么开心，多么欢乐，多么唯美，又多么幸运。

我的邻居就是窗外的树木，以及远处说不尽的空旷。天空有大雁飞过，云朵高冷，躲躲又闪闪，一如飘忽不定的世界，让人分不清今夕何夕。

人生就是一场赌局，设局者总是自己。

赢了，就赢得了天下；输了，大不了从头再来。

每一次赌注，我都赌自己会赢。

你知道我在赌，就告诉我底牌，无论如何，我都要赢。

不是吗？

一场疾病，让人看清了许多，也看淡了许多。纷纷扰扰，争吵喧闹，又有什么意义呢？佛曰：笑着面对，不去埋怨。悠然，随心，随性，随缘。注定让一生改变的，只在百年后那一朵花开的时间。

每个夜晚来临的时候，我净手，煮茶，然后抱一本书与灯光为伍。

窗外，仍旧是风吹落叶的沙沙声，以及无尽的空旷与沉寂。

清晨，我仍然是早早起床，天气再怎么寒冷，我也要去室外跑步锻炼，窗外的世界如此美妙，值得我欣赏热爱，也值得我奔跑追随……

一个人的城堡

一茶，一书，一世界。

在阳光煦暖的日子里，拉开窗帘，让金灿灿的阳光洒满一屋。取一本书，置于桌上，然后净手，烧水，为自己泡一杯香茶。在书桌旁坐下来，打开面前的书，这个世界真真切切地属于自己。

我喜欢这样的时光，温暖而不矫情，静好而不蹉跎。

窗外，花香正浓，新枝绽放青葱。

这样唯美的春色其实适宜行走，适宜观赏，也适宜想象。从严寒的冬天到撩人的四月，从枯枝残败到满眼春色，是沉睡总能苏醒，留希望总会发芽。我是一个比较沉闷的人，但热闹的春天，仍然让我心生喜悦。尘世喧嚣，世态炎凉，但我仍然相信世界的美好，依然感受到阳光的温暖。

行走在百花争艳的春天，看青山仍在绿水长流。越过高山大海，看不同的世俗风景，一切那么俗不可耐，却又是那么亲切迷人。曾经的过往，曾经的欣喜与悲伤，都在岁月的脚步中渐行渐远。

我望着天空发呆：越过云雾，是不是可以看到美丽的空中楼阁？在虚幻的海市蜃楼中，美丽是那么近，近得触手可及。

有人说，最美的风景在天堂，我却认为，最美的风景在心中。

人生能有几次重逢，有的人朝夕相处，却形同陌路；有的人擦肩而过，却撞出火花。自以为到了波澜不惊的年龄，自以为已经修炼到淑女的境界。而在某一个时刻，却能够重回童真，欣喜着我的欣喜，悲哀着我的悲哀。

曾经做了一个梦，梦到我被群狼围攻，遥望四周漆黑一片，找不到可以藏身的地方。梦醒之后，我泪流满面，我知道这只是一个梦而已，但我还是想哭，在这个春色旖旎的四月里，我的眼泪随心绪一起翻飞。

很多时候，我习惯一个人安静地待着。喝茶或者看书，轻轻地打点时光。没有过多的波澜，不在意外界的喧嚣。我总是淡淡地看这个世界，不在意别人的眼光。我以为我的沉默，我的与世无争会带给我安静，不想去结交也不愿被打扰，在余下的时光里，与书为伍，与灵魂做伴。突然在某个早晨，我发现了我的信仰，不是刚刚才有，而是它一直存在，只是在那个早晨的阳光里被晾晒而醒。这种苏醒让我恐慌也让我欣喜，人活着总会有点目标和追求。那些曾经不被打扰的安静只是自己的海市蜃楼。在现实面前，所有的伪装与懦弱都是如此的可悲。

我与灵魂结伴而行。当我的身体不得不囚禁于牢笼，我的思绪却可以快乐而自由地飞翔。

在这个春天的中午，喝茶、看书、享受一室的阳光，我只想告诉自己：一切安好，多多保重。

一歌，一人，一城堡。

单曲循环一首喜欢的歌曲，直到自己被感动，或开心浅笑或泪流满面。

芳菲的四月，阳光明艳得让人羞涩，透过玻璃窗户倾满一屋，把书桌和茶杯都覆盖成金色。我想我也是金色的，我的长发和我的脸庞都是太阳的颜色。

我看到了大漠深处，那一望无际的向日葵，虽历经风沙，受尽磨炼，却不改初衷、依旧向阳而生。

我家的楼顶上，有一年曾经种了十九棵向日葵，放置在那里，忘记了管理，也没有浇水，忽然有一天我去楼上，却看到了蓬勃得犹如示威一样壮美的黄色，一个个圆盘对着太阳，比任何的花朵都美。我被这种美所震撼所感动，与它们的坚韧相比，所有的所谓小资情调，所有的叽叽歪歪，不过是一个笑谈。

于是，我便一改以往的冷漠，每天都会去楼顶看看它们，不为别的，只是想感受一下成长的力量。

到了收获的季节，我和孩子端着脸盆拿了剪刀去收割，一个个籽大饱满的圆盘却谦虚地低下了头。孩子开心得大喊大叫，在正午的阳光里，它们的脸色如花朵一样美丽。

种下了种子，收获了果实；付出了辛苦，得到了快乐。

也许我不是坚韧的人，也许曾经或多或少受到过伤害，但这一室的阳光足以抚慰心灵，让我看到花团锦簇的美丽。

相信世界上美好的东西，相信雾霾散去，终究会天气晴好。

曾经有过失落，曾经有过迷茫，曾经在自己所谓的痛苦里哀叹和挣扎。一路走来，经历风雨，经历洗涤，回过头再看，当初那些要死要活的一切原来根本不值一提。

选择原谅过往，选择忘记伤害，选择把阳光带在身上。

坚守内心，坚守一方净土，在喧嚣沸腾的世界里，安静地活着。

我本柔弱，我本善良，但在风雨面前，我选择坚韧。不哭不闹，不悲不喜。

想起《道德经》里的一句话：涣兮若冰之将释。

这句话是在告诉我们宽容的道理，人心不是靠武力征服的，而是靠爱和宽容。

成人的世界里没有谁能轻易改变谁，不曾来过我的世界，不要试图在我的世界里涂上色彩。互不交集的行人，请各自行走，互不干涉。

四月在走，夏季已经在招手。春天播种的希望，到夏季一定是根深叶茂了吧？

你看，路边，那一地的黄花，那青葱的李子树，那花丛旁飞舞的蝴蝶，那李子树下休憩的姑娘，是不是一幅美好的图画？

撑一把雨伞，把风雨挡在身外；掬一捧阳光，把温暖留在心底。偶尔的风雪算不得什么。

黑夜和白天总会交替，日落和日出只是轮回。在某个合适的季节里，我将以树一样的姿态出现。愿枝繁叶茂，豪气干云！

我写的书稿已经完工，在这个春天里，我总算没有辜负春光，没有辜负时间。

一室的阳光，一室的温暖，一首醉人的歌儿流动着最美的音符，不为等待，只为守护我一个人的城堡。

梦里花落

我有梨花情结。前几年身体不好的时候，把自己关在房间里，常常望着窗外发呆，很多时候，眼前幻化出漫天的梨花，让人恍惚步入仙境。随风飘落的梨花，又让人如梦如幻。梨花飘扬之间，美不胜收，让人悲喜交集。

我爱梨花，不只在梨花绽放的季节。一年四季，我的思维在，梨花就在。它的美陪我走过春夏走过秋冬，走过一年又一年，从青春到中年或许直至垂暮……梨花常开，就开在我心底。花开的时候，为她欣喜；花落的时候，为她伤悲。多少次在梦中与梨花相伴，一枝枝，一簇簇，一树树，满目的洁白，炫目的美丽，让人沉醉，让人欣喜。繁华过后，梨花凋零，漫天飞舞的梨花宛如雪花飞扬，轻轻落地之时，仿佛听到她轻轻的叹息。为这一声叹息心碎，为凋零的梨花伤感，不知不觉间，泪水已经滑落……

梦里花开繁华，梦里花落凄冷，有谁知道我的悲喜？

前几日在网上浏览，看到有人写的一篇关于梨花的文章。他在文中写道："当我用微距摄影的镜头对准那雪白精致的花朵时，旋转镜头，调整画面，我蓦然发现镜头中梨花的心竟然是红色的。是的，红色，血的颜色，在白色的花瓣中格外醒目。

那一瞬间，我再次被这发现打动了。”我被这段话所感动，因为梨花有心，血红的心，才会让洁白的梨花鲜活灵动，卓尔不群。

梨花是有心的，当她凋零的时候，她把心留给了果实，身心分离的疼痛，需要一种怎样的坚强，都看到梨花纷纷扬扬漫天舞蹈的美丽，有谁知道她牺牲了自己生命的痛苦？梨花是有生命的，但从她抽身而退的那一刻，她失去了火一样的心脏，生命已经不复存在，没有了心的梨花随风飘落，终归泥土。《红楼梦》中黛玉葬花的文字，击中了多少人内心最柔软的部分，古往今来，有多少多愁善感的男女随着黛玉的葬花词而悲戚，“花谢花飞花满天，红消香断有谁怜？”“未若锦囊收艳骨，一抔净土掩风流。质本洁来还洁去，强于污淖陷渠沟。”黛玉惜花爱花，在她葬花的同时，也埋葬了爱情和生命，她的悲剧让人唏嘘，让人扼腕叹息。

梨花的花语是纯情，纯真浪漫的爱情使多情的男女尽享生命的芬芳。有一种爱在心里，犹如梨花的心，无论经受怎样的磨难终会结果；有一种情在生命里，无论生死都不会泯灭，犹如梨花，虽然身死，但留心于梨。也许，梦里花落的伤感会让人哭，但是，花开的美丽已经植入记忆，与美丽的记忆相比，梦中的伤感又算得了什么？

追梦的女人

立春刚过，迎面的风就减了凛冽的寒意。几天艳阳高照，河边的柳枝就有了芽苞在隐隐绽放。广场舞的倩影随着音乐的节奏，在春风中踏出中国梦的昂扬姿态和健美气韵。人心，就在这春天的气息中苏醒了。

看着眼前靓丽的人群，不由感叹，人啊，其实都是美的创造者和追随者。追梦的人其实就是追美的人！

可是，怎样才是美呢？环肥燕瘦，各有所长。张继儒《小窗幽记》曰："美人有韵，名花有致"。也算倩女有姿的标准吧！

一个人，要想有美的气质和姿韵，自然就要有健美的体魄。我也是一个追美的女人，美是我的理想，我的梦。女人，可以不漂亮，但不可以不美丽。美丽的女人，无关风月，无关容貌，只在于有一颗爱美的心；美丽的女人，决不会任由自己的形体自由发展，而懂得适当调控，让自己的形体在比较理想的范围内向着时代的美的潮流进步；美丽的女人，一定是健康的，所有肥胖导致的高血脂、高血压等一系列疾病都与她无缘；美丽的女人，懂得享受生活，掌控自己的人生……

我一直无比关注自己的体形。十几年来，虽说体形不算臃肿，但也远远说不上苗条，最开心的事情是，偶尔从箱底翻出一条长裤，试一下，居然还能穿。有一条牛仔裤，迄今为止我已经穿了十四年了，每年的春秋两季，我都会拿出来穿上几次，这条质地还不错的牛仔裤，陪我走过了十四个春秋，经历了十四载风风雨雨，每一次穿上它，我都有找到老朋友的亲切感。许多人一年买几条价值不菲的牛仔裤，我却“一劳永逸”，十四年如一日，对一条牛仔裤不离不弃，除去感情的原因，更多的是内心有“省钱”了的惊喜。所以，适当减肥，将自己的体重控制在比较稳定的范围内，不仅能提升自己的信心，更重要的是能够省下买长裤的钱，对于苦仄的工薪阶层来说，不失为省钱的一大绝招。

一段时间以来，由于工作压力倍增，为缓解压力，我开始喝啤酒减压。每天晚上，和家人在一起吃饭，我都要喝两瓶啤酒，喝得微醺，然后，鼓胀着肚子上床睡觉。倒头就睡，挨床就睡着的感觉实在很美妙，我以为找到了催眠的良方，常常心中窃喜。突然有一天，发觉肚子大了，以为吃撑了，心想等消了饱肚子就会下去了。抱着等等看的心情，第二天早上看看肚子还是那么大，这才相信自己是吃胖了。减肥，又提到了议事日程上来。

想减肥，必须要戒掉啤酒。于是，我向家人宣布：本人开始减肥，啤酒戒掉！除此之外，我还为自己制定了减肥食谱，并严格执行，俗话说得好“要想减肥必须管住你的嘴”，牢记：贪吃是一切肥胖的根源。管住自己的嘴巴只是减肥要做的第一步，要想达到预期的效果仅仅是饮食控制还远远不够，还要保证足够的运动量，消耗多余的能量，燃烧多余的脂肪。任何单纯靠节食、靠减肥药来减肥的行为，都是不健康的，把自己搞得像林妹妹一样弱不禁风，即便是“瘦成一道闪电”也无法照亮你的人生。深深知道健康减肥的重要，我决定把体育运动当成“制胜法宝”，早上早早起床，步行去上班；晚饭后，坚持做平板运动和俯卧撑。我坚持这样做，余下交给命运。

在温暖的红尘中行走，必须要轻装上阵。甩掉赘肉，甩掉负累，甩掉一切思想的桎梏，做一个美丽的女人。美丽的女人，不一定是以花为貌，以鸟为声，却一定是以月为神，以柳为态；美丽的女人不一定是以玉石为骨，以冰雪为肤，却一定是以春水为姿，以诗词为心。在杨柳依依江水平的春天里，做一个有梦想的女人，就像做一只矫健的燕子，在无限自由的天地里飞翔。

彼岸的花朵

一个人发呆的时候，常常是云里雾里、天马行空，思维仿佛停滞，又仿佛穿越时空。很多时候，眼前是一条清澈的小溪，泉水叮咚之处，溪水潺潺流淌；彼岸，绿肥红瘦，花团锦簇。

那是怎样旖旎的景色呵！于是，这图画般的美丽就定格在眼前，很多时候，不需要去想象，就那么突然跳出来，让人的眼前瞬间迷离，绚丽的春色溢满了世界，宛若七色彩虹装点着雨后的天空，展现出让人心醉的美丽。恍惚之间，我想奔跑追随，也许，跨越此岸就有了彼岸的美丽，可是，亲爱的呵，我的脚步跟不上时光的速度，超越不了溺水的距离。

我站在此岸，观赏着彼岸的风景，弱水河内难以跨越的是心的距离。退一步，人生百味，红尘滚滚；往前走，彼岸花在向你招手，纵身一跃，也许就成了彼岸风中的一景。谁能知道，天堂与地狱之间是不是只有转身的距离？

我爱彼岸的美景，但我更爱这如烟的红尘。在清晨，在黄昏，在每一个有雨有风的日子，期许阳光给予的温暖；在凄冷寒夜，在大雪纷扬的时候，期许一个无悔的人生。亲爱的呵，请给我力量，让我有勇气面对万丈红尘。

我行走于弱水河畔，听风卷雪花呼啸的声音，在袅袅的炊烟中感受着暖暖世俗的气息。彼岸的花绯红依旧，摇曳成最亮的景色，妖冶如摄魄的魂灵。然而，那却是地狱的花朵呵，跨越过去将万劫不复！仰望天空，云雾缭绕，天堂之上，是否有如此妖媚的花朵？

回想起那个让无数人心惊胆战的玛雅预言，随着2012年平安夜的过去而成为弥天的谎言。那些可笑的东西往往因为人们盲目的迷信而成为惑乱人心的祸首。岁月的脚步终会渐行渐远，彼岸花更是无限妖媚。突然明白，这蛊惑人心的美丽也许只属于过去。生活，总是要一步一步向前走。

站在人生的又一个路口，欣赏过往的风景，铅华洗尽，是“空山无人，水流花开”的纯净。

佛说：让我们成熟的是经历，是磨难；让我们幸福的是宽容，是爱；让我们安心的是理解，是信任。

彼岸的花朵无论多么华美，只不过是人生路上的另一处风景，能让自己改变的，不过是百年后那一朵花开的时间。

那些曾经空白的日子

翻看曾经的文字，犹如翻过如诗的年华。在每一首与青春相关的赞歌里，都会有很多快乐的回忆；在每一个或喜或悲的故事里，都珍藏着许多美好的东西，即便是曾经疾病曾经悲伤曾经留下空白的日子，我仍然会怀念那些过去的时光，会感恩给予我关爱的家人和朋友。

那是一段记忆中空白的日子。

那段日子虚弱得无法回首，好像没有读书也没有写文，没有工作也没有照顾儿子，只有空洞的灵魂在四周游荡，每天躲在自己的房间里睡觉，或者发呆，或者就那么像世界末日一样伤感着……在那段梦一样的记忆里，我记不起都发生过什么，记不起我自己做了什么，只依稀记得我住在楼上，好久好久没有走出家门，两个月？三个月？或者更久？

这是一种危险的情绪，感谢我的爱人给予我百般照顾、认真呵护，在我的身体饱受折磨、精神濒临崩溃的时候，他用他瘦弱的肩膀为我撑起一片天空，用照顾婴儿一样的耐心陪我走过那段最难走的路程……

一路走来，我坚守着岁月的美好，坚韧着自己的坚强，用毅力和自己做斗争、和疾病做斗争。走出家门，我把精力投入到工作中去，为改写曾经颓废的人生而努力工作，虽然艰辛，却无怨无悔。工作之余，我翻看一些书，很多曾经读过的书，我却记不起书的内容；很多常常用到的字，却突然间忘记怎么去写。这让我内心很焦灼，那一段曾经空白的日子无比固执地在脑海里盘旋……从电脑旁站起来，我走向书桌，拿起毛笔写字："为天地立心，为生民立命，为往圣继绝学，为万世开太平。"北宋哲学家、文学家张载的这几句话颇让人回味。一位大书法家写下这四句话，并把它赠予我，细细想来，是应该有一份祝福在里头，希望看到这四句话的人能够胸怀壮志、奋斗不止。

我一直以为我没有梦想，可是，那段空白的日子为什么如此难忘？如此让人心伤不已？是因为对疾病的恐惧，还是因为虚度年华的羞惭？静夜扪心，其实内心很明白：梦想一直都在，从来都没有远走。记得爸爸说过，我是最有梦想的人，也是最勤奋努力的人。他相信我一定能实现梦想，走向成功。想起这些，我感到无比惭愧，在我为记忆力减退而苦恼的时候，却在不经意间以工作的压力做懒惰的借口！有多久没有完整地读一本书了？有多久没有认真地写文章了？在自己为记忆力减退而苦恼的时候，为什么没有想到是因为懒惰而忘记了很多东西呢？我想对爸爸说：爸爸，请原谅！

不知为什么，突然想起蔡琴唱过的一首旧时代的骊歌："花落水流，春去无踪。只剩下遍地醉人东风。桃花时节，露滴梧桐。那正是深闺话长情浓。青春一去，永不重逢。海角天涯无影无踪，断无消息，石榴殷红，却偏是昨夜魂萦旧梦。"也许，每个人的生命里都会有过悲欢，有过起落，有过刻骨铭心的爱恨，有过风去无痕的空白。这空白，或许是一个结束，或者是一个开始。于我而言，那段空白的日子并不仅仅是一个空白，记忆格式化之后，我抛却疾病拥有健康，背起行囊向梦想出发……

安静的角落

凌晨一点，栀子坐在电影院里看通宵电影。偌大的电影院里只有寥寥可数的几个人，整个影院越发空旷，她坐在最不起眼的角落里，蜷缩在宽大柔软的座椅上，眼睛盯着屏幕，看一场无关紧要的电影。

这是一场无关痛痒的爱情，看到开头能想到结尾的烂大街剧情，其实没有让人想看下去的欲望。栀子看着屏幕，3D效果让人如同亲临，男女主人公时而亲密，时而吵闹，热闹得忘乎所以，尤其是女主，哭闹吵骂，摔东西砸板凳，活脱脱一个神经病。栀子深感诧异，不知道这么任性妄为脾气暴躁的女生为什么会被男主宠成公主？而那些事业有成懂事而又貌美的女生却得不到起码的爱情？这样的影视剧宣扬的是什么？女生是不是只要嫁得好就行了？不学无术的女生又凭什么能嫁得好呢？栀子百思不得其解，苦笑着摇头。

屏幕上的女主仿佛在向栀子走来，嘴角向上扬起，露出嘲讽的微笑，是示威或者是炫耀，抑或者仅仅是撒娇。爱撒娇的女孩总是会激起男人的保护欲。栀子想起大学同学琳和花媚，两个人是最好的闺蜜，琳很大条，有一股男孩子的冲劲儿，花媚娇滴滴像一只娇弱的小猫咪。两个个性完全不同的人却成了最好的朋友，琳处处照顾花媚，像个男生一样当起了护花使者，直到后来琳爱上了一个男生。当琳把男友介绍给花媚的时候，花媚一脸娇羞地向那个高大帅气的男生撒娇，让琳第一次感到深深的不安。后来的事情如眼前的狗血剧一样，男友和花媚成了情侣，被她发现时，男友居然告诉她，花媚太柔弱，需要他的保护。而她很强大，可以自己生活得很好……

琳气急无语，转身离去，再也不敢相信爱情。后来，花媚和那个男生终究没有修成正果，娇弱美丽的花媚还是投向了另外一位钻石王老五的怀抱。

屏幕上的女主又在哭闹，梨花带雨，好像受尽太多委屈。这让栀子不由自主又想起了大学时代，想起了班里那个多愁善感弱不禁风的叫钰的女生，那个女生好像最爱读《红楼梦》，常常对里面的女士对号入座，她自认有黛玉的才华和美貌，却遗憾没有生在那个年代，不然她也能吟诗作赋，琴棋书画样样精通，也会有多金帅气的富家公子爱她宠她，她会比黛玉更有手段俘获她的“白马王子”，让他对她俯首称臣忠贞不贰，从此她和他鸳鸯双栖，神仙眷侣，爱洒人间。“闲静时如娇花照水，行动处似弱柳扶风，心较比干多一窍。病如西子胜三分。”貌美且聪明的黛玉在爱情与生活上均是一败涂地，一首《葬花吟》写尽人间凄凉：

花谢花飞花满天，红消香断有谁怜？
游丝软系飘春榭，落絮轻沾扑绣帘。
闺中女儿惜春暮，愁绪满怀无释处？
手把花锄出绣帘，忍踏落花来复去？
柳丝榆荚自芳菲，不管桃飘与李飞；
桃李明年能再发，明年闺中知有谁？

此诗通过丰富奇特的想象，用暗淡凄清的画面，沾满浓烈而忧伤的情调，展示了黛玉的心灵世界，表达了她在生与死、爱与恨复杂情感中产生的一种焦虑体验和迷茫情感。钰多次诵背此诗，每次都会泪流满面。栀子和同学们也曾嘲笑她的过分多愁善感，但也欣赏她的善良。一次，栀子和另外一位同学逃课，班里却临时通知晚上有活动，钰担心栀子她们被抓到受处分，就慌忙跑出校外去寻找她们，那时候没有手机，更没有微信和QQ，钰硬是根据别的同学不多的口头信息，到附近的几个商场挨个寻找，柔弱的小身躯累到几乎虚脱。当钰终于找到栀子她们的时候，眼里含着泪说不出一句话来……几个人迅速赶回学校，赶上了班里的集体活动，那个严厉的班主任看到全班同学无人缺席，满意地侃侃而谈……善良的人运气总不会差。自比黛玉的小女生钰，不费吹灰之力成功俘获一位事业有成的大帅哥，毕业后不久就步入婚姻的殿堂，过起富太太的生活。想至此，栀子嘴角漾起微笑，美好的结局总会让人心情愉悦。

转观荧幕，女主貌似遇到了不开心的事情，一个人在酒吧喝得酩酊大醉。栀子也会喝酒，常常在夜深人静无法入睡的时候，来一杯白酒助眠，恍惚之间，天高海阔，云淡风轻，那一种美妙无法言传，然后酣然入梦。梦中，看到了神奇壮美的天山天池，在天池池畔，见到了那个美丽得如天仙一样的哈萨克族姑娘，那姑娘面带微笑向她走来，请她喝美味的奶茶，为她跳民族风情的舞蹈，醉人的音乐，伴随着哈萨克族女孩的翩翩起舞，在天池水旁边的草地上绘就一幅美丽的图画……而后，女孩指给她看王母娘娘的梳妆台，告诉她王母和穆王那个凄美的爱情故事，王母站成雕像终没等到穆王前来赴约，都说仙人自在，岂不知仍留烦恼在人间。再拜王母庙宇，感叹世事难料，知我辈渺小如草芥……画面切换到三峡，没有理由突兀转换，从新疆天山到长江三峡，从巍峨壮美的大西北到风景旖旎的江南，栀子来不及向那个哈萨克族女孩告别，便匆匆忙忙“游历”三峡，乘坐游轮游览西陵峡，游轮穿行碧波之中，看两岸青山在缭绕的云雾中缓缓后退，云里雾里，让人恍若隔世，穿越碧水，走过青山，来到三峡人家，美丽的三峡人家依山傍水，风景如画，观万里长江第一石——灯影石，看中华第一神牌——石令牌，眺长江三峡第一湾——明月湾……在巴王寨体验千年巴楚文化。巴王宫的巴王寨广场的巫术表演精彩绝伦，巫族人祭祀祈福，上刀山下火海，一手飞刀表演更是惊险刺激，让人心跳加速，惊声尖叫。归返途中，遇见一庙宇古朴典雅，亭台楼阁，古寺青灯，一高僧打禅静坐，周围佛光闪耀，祥云环绕，栀子赶忙跪拜，欲语己之烦忧。

佛说：轮回中，心若一动，便已千年。既然我再也无法感受到心动的感觉，我的心已平静有如目水，不如斩断情丝，皈依我佛。于是莲花绽放，佛光万丈……

一梦醒来，如同旅行刚刚归来，身体疲惫却精神愉悦。

栀子想起常去的贤隐寺，那是一个一切灵山秀水环境静幽的地方，门口的小尼青衫素面，目光清澈，出家之人想必是放下了尘缘了无牵挂吧！看到她，栀子以一颗凡夫俗子的心揣摩：她的父母安在否？家人还好吗？真的是不思不想不牵不挂吗？栀子想自己是做不到，也许这就是自己无法得道成仙的原因吧！

一日，一位师兄曾打电话给她，问她是否真的想皈依佛门？告诉她有一个机会可以让她了却尘缘。也就是说，栀子可以剃度出家，抛却烦恼。栀子认真想了很久，终究无法超脱，不能放下父母家人。父母生我，我当尽子女之责；我为父母，当履行职责，为儿女负责，如果逃避，则谓之不忠不孝不仁不义。心若有佛，当修行在心中，恪尽职责，否则，辜负佛祖旨意，实为不善。所谓“大隐隐于市，小隐隐于山”就是如此吧？

至此，栀子释然。原来，人心向善，不只是皈依佛门这条路，还可以做得更多。再看寺庙门口纯真的小尼，栀子心中多了一份敬意和一种悲悯！愿她心如所愿，修成高僧。点燃香火，虔诚敬拜，愿此庙香火旺盛，山水长青！愿身边的那个人能永远陪伴左右，得之一人心，白首不分离！

夜已经更深了，或者是接近黎明，荧屏上的故事情节还在继续，栀子不知道电影是不是结束了又开始，影院里人员更少，前方好像有一对情侣在亲热。这样的夜晚，也许对他们来说是浪漫的吧？

栀子想，他们可以在一个安静的房间，点燃一支蜡烛，红烛飘摇的时光里，斟一杯红酒对饮，烛影相对，一醉天明，岂不更好？

栀子摇头，嘴角露出嘲弄自己的微笑。你所认为的浪漫也许别人根本不屑一顾。正如自己躲在这儿看通宵电影，是浪漫，是放松，是无聊，或是躲藏？她无法回答自己。

蜷缩在宽大的影院一隅，栀子的目光游离在荧屏内外。有一部电影《画皮》，讲述的是秦汉年间，都尉王生率王家军在西域与沙匪激战中救回一绝色女子，并带回江都王府。不想此女乃“九霄美狐”小唯披人皮所变。其皮必须用人心养护，所以小唯的助手沙漠蜥蜴妖精小易，每隔几天便杀人取心供奉小唯，以表达对小唯的满满爱意，江都城因此陷入一片恐怖中。这部电影在午夜观看更为刺激，更让人血脉偾张，心跳加速。明明怕得要死还要观看，无法控制自己的好奇之心，这就是人性之弱。就如眼前屏幕上的小女生不知被什么吓得哇哇大叫，用双手捂严了眼睛，却又从指缝间偷看，然后再恐怖尖叫……这个世界总是有太多让人不可思议的东西，你不能理解也必须学会接受。

屏幕上，好像有了一个完美的结局。男主手拿戒指单膝跪地，在向女主求婚，幸福袭来，女主激动得泪流满面。栀子不知道，这样的场景不应该是开心快乐的吗？为什么会哭呢？看到过太多悲欢，经历过太多磨炼，栀子感觉自己好像已经没有了眼泪，但她清楚记得眼泪的味道，涩涩的咸咸的苦苦的，哭过了也就过去了，眼泪终究不能代表什么，能救赎自己的只有自己。从原来的一穷二白到如今，她的奋斗史感动了很多的朋友也感动了她自己，当初她疾病缠身，为了摆脱疾病也为了救赎自己，她选择放手一搏。十年过去了，她一直在向着阳光奔跑。十年的时间足以让一个人脱胎换骨，也足以抚平所有的创伤。一个女人，有自己的事业、独立的经济才能活得有尊严。栀子用并不健康的身体证实了奋斗的意义。也许，不远的将来还会有一个新的开始，事业上不断追求与进步对于一个女人来说才是真的重生。

荧屏上的故事开始又结束，结束再开始，仿佛一个人的奋斗史在一遍遍重写，这大概就是通宵电影的魅力所在。

恍惚间，她仿佛回到了家，躺在了宽大温暖的床上。直到工作人员催促离场的声音传来。栀子揉揉困倦的双眼，极目望去，曲终人散，空荡荡的影院里只有她一个人。

秋末的这一场雪

还没有立冬，北京就下起了雪。早上，我走出家门，看到漫天飞舞的大雪，着实让我感到意外的惊喜。眼前的世界被白色覆盖，纯粹得仿佛不染一丝烟尘。此情此景，美若梦幻，让人如痴如醉。我决定步行去上班。

走进这飞扬的大雪中，路旁树木依然青翠，远处的银杏树黄叶片片。黄色的、绿色的树叶，各类或茂盛或枯萎的植物，高高低低形态各异的建筑，甚至于路上或快或慢的汽车，都覆盖了一层洁白的雪，整个世界变得白色透亮，美得炫目，美得如诗如画。北京的夏季太长，春天太短。我总是感觉夏季的烧烤模式太久，久得让人难以承受。在炎热的天气里，我常常不敢出门，唯恐自己一不小心会融化在燥热的天气里。春天很美，但往往是花朵还未来得及绽放，就已经被阳光炙烤得失去了水分。看着花朵一夜盛开又一夜枯萎，我常常会伤感得热泪盈眶。最爱的是秋天和冬天，秋冬两季是北京最美的季节，尤其是秋末与冬初交汇的时候。“荷尽已无擎雨盖，菊残犹有傲霜枝。一年好景君须记，最是橙黄橘绿时。”大文豪苏轼如此描写秋末初冬的景色。这个时节的北京比苏轼描写得还要秀美。此时，常青树绿油油的，银杏树黄澄澄的，红叶夺目，菊花怒放，月季娇媚……景色本就美如油画，再覆白雪，有透绿，有透黄，有透红，有粉色晶莹，有白玉凝脂。晶莹剔透，妖娆无比。这纯净而又多彩的世界啊，真让人醉了。

走在白雪皑皑的路上，飞扬的雪花飘落在身上，心情好得一塌糊涂。我伸出双手想把雪花捧在手里，而雪花落在手上之后，却俏皮地和我捉起了迷藏，一片、两片……顷刻融化不见。我亲吻融过雪花的双手，丝丝凉凉，清清甜甜。

我爱极了这梨花一样的雪花。阳春三月的天气，正值梨花开放，一树一树的梨花清香可人。想起师傅，她给我拍摄了很多那么美那么美的梨花，在南方高原的清冷里，把梨花的清香送到北方冬末飘落的雪花中。每每此时，我都恍然梦中，傻傻分不清眼前究竟是雪花还是梨花。“东风夜放花千树。更吹落，星如雨。宝马雕车香满路。凤箫声动，玉壶光转，一夜鱼龙舞。”不知怎的，辛弃疾的这首词出现在脑海里，师父看到了也许会批评我引用不准确。这首词描写的是元宵夜繁华热闹的场面，此时却不合时宜地在脑海里冒出，让我想到的不是浮华喧嚣的夜晚，而是千树万树梨花绽放的壮丽景观。师傅，请允许我思维跳跃、天马行空。“恰当岁日纷纷落，天宝瑶花助物华。”景色静美，无风，雪花轻轻柔柔地飘落，数种姿态，万般风情。

这样的景色常常让我不由自主地陷入回忆，脑海中幼年时与爸爸在雪天一起打雪仗的一幕幕挥之不去……想着想着，泪水就会溢满眼眶，那是对逝去的至亲的不舍与无限思念……

童年的记忆是那么深刻、那么温暖、那么美好、那么让人难以忘记，植入心底的东西无论如何也无法抹去。如山的父爱是今生取之不尽用之不竭的财富，慈父的形象清晰而亲切。然而，逝去的人已经逝去，活着的人总要向前，在秋末大雪纷飞的这个早晨，我行走在都市风光旖旎的景色中，那些甜蜜的、幸福的记忆如潮水一般涌来，让我温暖，让我怀念，也让我泪流满面……老爸，天堂安好！

白雪皑皑的世界如此纯净，不染一丝尘埃，这时候，所有烦恼都消失不见。雪花安安静静地飘洒，娴静的美丽如娇花照水；柔弱的身姿不羸风雨，挥洒着的却是炫目的旖旎；纯净的白色覆盖了万物，耀眼的洁白妖娆了世界。“谁将平地万堆雪，剪刻作此连天花。”纷扬之间，舞动着摄人心魄的美丽。爱极了这天花飞扬的世界，没有纷争、没有污点的纯净的世界。这一刻，空白灵动，无须设防。有一种沉默，叫作力量；有一种修为，叫作坚持。当你空白了思维，当你耐住了寂寞，当你笑对风雨，当你静观冷暖，当你一步步前行，偷偷拭去眼泪的时候，也许，你的世界就安静了。人生的天空即便没有放晴，倾洒下来也是美丽的雪花，而不是多变的风雨。青春，如飞扬的雪花，飘落在走过的山山水水，融入岁月的河流一去不复返。我坚守在时间的阵地，度过一个又一个飘雪的季节，在无数个雪花飞洒的日子里，让满目的洁白驱赶岁月的苍凉。

下雪的天不冷，真的。从家到单位，不过是几站的距离，我走得出了一身的汗。走进办公室，取下围巾，坐在办公桌前，面对着电脑敲打出这段文字，以记录我今天被雪美化的心情：2015 年 11 月 5 日，秋末的这一场雪。

初冬的雨

季节少了过渡，冬天一下子就到来了。在猝不及防的寒冷中，一场冬雨也不期而至。雨点不大，也不密集，但是，一样的沉重，落地有声。行走在雨中，我试图用手遮挡雨滴砸落头顶的寒冷，却让手很快冷至麻木，这不大不小的雨点还是淋湿了头发，固执地汲取头顶上有限的温度，我放下那只徒劳的手，任由雨点肆意地洒落……

这一场初冬的雨，加快了寒流的速度，在阵阵冷风中，我仿佛听到秋天寂寥的叹息，蹒跚的步履踩着满地的枯叶消失在茫茫天际。“不堪红叶青苔地，又是凉风暮雨天。”一样的寒冷，一样的落寞，一样的冷风凄雨，一样的季节更替；不一样的是，岁月的年轮雕刻的印记和面对者的心情。“对潇潇暮雨洒江天，一番洗清秋。渐霜风凄紧，关河冷落，残照当楼。是处红衰翠减，苒苒物华休。唯有长江水，无语东流。”古人对于秋雨的描写让人的心情倍感凄凉。无数个萧瑟的秋天拉伸了季节的缠绵，无数场暮秋的风雨迎来了冷酷的冬季。岁月就这么周而复始，变换着春秋两季，展示着生命的轮回。

青春，如一条平静的河流，在岁月的时光里悄悄流过。当你发觉到它的美好，想紧紧抓住它时，它却固执地挣脱你的双手，任由你站在它的身后，看着它靓丽的背影渐行渐远，留下满手的伤痕和痛楚的眼泪。悲凉的心情一如这场初冬的雨。

总有一些人会常常想起，总有一些事让人无法忘记。常常发誓要忘记的，早已经深深植入了记忆。不经意间，人生最美好的年华已然过去，站在人生的下一个路口，回望走过的道路，把最美的回忆串成悠扬婉转的旋律，只为祭奠逝去的青春。走过风雨飘摇的季节，才发现依然跟随自己的是内心无法改变的情愫。也许，岁月的沧桑写在了脸上，站在雨中，感慨的却是不变的曾经。望着面前朦胧的一切，体味着风雨中痛快淋漓的冷，一把雨伞固执地遮过来，即便挡不住风寒，我还是愿意这样走下去，永远……

初冬的雨固然冷漠，温暖你的却是那把为你遮风挡雨的伞。如果有人肯为你撑起一片天空，无论风雨、无论贫穷与富贵、无论疾病与健康都不离不弃，人生如此，夫复何求？

左手记忆，右手年华

读到一段话："我喜欢这样的自己，一纸笔墨，一阕飞花，左手记忆，右手年华，安然端坐于岁月的一隅，守一卷经年之后的领悟，倾听生命悠然的歌唱……"这段话让我怦然心动，如果能够如此，那么，我愿意执岁月之手，携年华亘古，在时间的河流中，让生命悄无声息地走过。

春末的夜晚，独坐窗前，守一杯清茶，望着窗外的纷扰，心情却静如止水。伸出左手，似乎看见曾经失去的青春岁月，一如窗外的荼蘼花，夜风中寂寞独舞，优雅地挽留岁月的脚步……开到荼蘼花事了。

曾经，我也是父母的掌上明珠，我也是小城里摇曳的花朵。"遥知不是雪，为有暗香来。"默默地躲在人海茫茫中，静静地读书，一心要考上一个好学校，让爸爸高兴，要妈妈对我刮目相看。大学毕业的时候，上天垂顾，送给我一个爱人，一份体面的工作，然后有了一个温馨的小家庭。在这个温暖的港湾里，时间过得真快啊，十几年的岁月似乎一下子就过去了。琼瑶说，在一个太温馨的环境里，人往往会失去生活的方向。在幸福的间隙里，我也会迷茫和怅惘，也会想起从前，也会憧憬以后，也会读书、落泪……幸福让我失去了自己，失去了梦想。

夏花开遍北方原野的时候，我独自来到一个陌生环境里，开始一段新的生活。我创办公司，开始寻找属于自己的天地。忙完一天的工作，我依然会独自坐在窗前小憩。守一杯清茶，看纷扰的人间夜色和不太干净的城市天空。不过，我已经习惯于伸出白天劳动的右手，拢一拢被夜风吹散的长发。这纤细的手指，从前只会用来读书。而现在，它可以写书、编书，书写我自己灿烂的年华。

我无法让自己安静下来，要工作，要事业，要人情往来，要是是非非……当我动手筹备组建自己公司的时候就明白，我再不是那个娴静的自己。为一笔业务，为一份订单，我不得不亲自出马为公司赚取第一桶金！忙碌的日子，时光飞逝。我的客户，我的作者群，都是知识分子，与他们签约之后，他们动笔写书名利双收，而我，乐见他们的成功，开心地躲在幕后为他们做嫁衣。我不敢相信，这还是那个曾经的我吗？

当我难过的时候，当我心绪焦躁的时候，我会拿起那本《道德经》大声朗读某一篇，一遍、二遍、三遍，直到我心情平静为止。虽然这个世界无比喧嚣，虽然我也和很多人一样有心绪浮躁的时候，但是，我还是祈求，在某个安静的角落，我能“端坐于岁月的一隅，守一卷经年之后的领悟，倾听生命悠然的歌唱。浅浅的微笑，满满的恬静。沉静，聆听阳光。”这一份岁月的静好，灵魂的憩息，激励着我不断向前、不懈追求！

夜深人静的时候，我安静地坐在电脑旁，心无旁骛地敲击着键盘，任思绪随手指在键盘上跳跃。左手记忆，右手年华。那些曾经的过往，当下，还有未知的未来，一切都会像春水泛波，或者夏日雷雨。可是，我不惊不慌，不悲不喜，不骄不躁，不疾不徐……我用一颗纯粹透亮的心，把悲悯送给别人，留善良仁慈于自己。任时光荏苒，岁月如梭，我都做最善良的自己！

既如此，让我左手执温热的记忆，右手书多情的年华，在寂寥的岁月中安然唱响生命的歌谣！

秋夜的忧伤

晚上十一点，我在自己的房间里整理文稿。每个不同时期的小文，都是当时心情的晴雨表，有时欢乐有时哀愁，有时悲怆有时愉悦，有时貌似胸怀大志，有时又佛系人生无欲无求……原来看似无法释怀的事情，现在想来却感觉幼稚可笑。原来，时间真是治愈一切的良药，让人能够慢慢地变得宽容大度，变得坦然从容。

有些东西可有可无，有些事情也没有那么重要，有些人已经渐行渐远……而我站在时光的深处回首望去，清晰的是自己的脚印，模糊的是过往的人群。

整理的这些文字，是一种心情，是一种记忆，或者什么都不是，仅仅是一种爱好而已。

人至中年，没有所谓的事业成功，也没有理想中的豪迈人生。普通如我，渺小如我，努力也如我。

也许这就是命运吧。没有屈服，没有抱怨，也没有所谓的功成名就，不知道这是不是虚度年华、一事无成？至此，不由长长地叹息。

沉浸在自己的小情绪里，我正在莫名地伤感。突然听到儿子小宝在他房间里接电话的声音，他很大声地说：“好的好的，我马上过去。”

我不知道有什么事，这么晚了还要出去，连忙从自己的房间里走出来，到了客厅，看到儿子正在门口换鞋，看到我出来，他说：“妈妈，我同学郭华（化名）的母亲去世了，郭华不在家，我们几个好朋友先去他家帮忙去。”

这个郭华我认识，从小学到初中，他们都是很要好的朋友。他的母亲不过是四十多岁的年龄，怎么突然去世了呢？

我说：“哎呀，他母亲那么年轻，可惜了。”

儿子换好鞋，匆匆忙忙地走了。

我坐在客厅的沙发上，一个人发呆。

这个郭华，长得人高马大，皮肤黑黑的，不怎么爱说话，人看起来憨厚老实，非常有礼貌的一个孩子。我对他印象深刻，是因为每到节假日，他都会来找小宝玩耍，邀请小宝他们几个要好的小伙伴去他家的大院子里吃烧烤，他的父母开有工厂，家里的几处房产又赶上了拆迁，家境好得不得了，是名副其实的富二代。但这孩子不张扬，不豪横，很是低调谦和，与小宝他们几个好朋友好得像亲兄弟一样。

高中毕业之后，小宝和另外几个同学分别入学不同的城市继续学习，郭华则选择了去当兵。

这个高大帅气的男孩义无反顾地走进了军营，去实现他的家国梦想。

对于普通百姓家的孩子来说，能考上大学，毕业之后找一份好工作，是非常重要的事情；对于郭华来说，他家里有足够的财富，不需要他为生存去奋斗，选择保家卫国，也是他自己的人生追求吧。

时间到了凌晨两点。小宝还没有回家来。我发了个信息给他：儿子，郭华回来没？

他回复：妈，你先睡吧，别等我了。郭华天亮才能到家。我们几个守在他妈妈灵前，替他上香。

在我们老家河南，谁家亲人去世，灵前要点燃植物油或者煤油做的长明灯，其子女或者晚辈要守住长明灯，不能让灯灭了，直到逝者安葬为止。

北京这里的风俗，是子女为其敬香，一炷接一炷不能断。

风俗不同，寓意大致是一样的。为去世的人点长明灯或者燃香。传说是害怕亡魂迷失方向，用此照亮通向天堂的路……守夜的人一般要及时点灯或者燃香，不能让灯火或者香火灭掉。或者不能让去世的人觉得不被亲人重视，也算是一种哀思吧。

郭华在部队是为国家效力，几个要好的同学替他为母亲守灵、上香，于公于私都是应该的。愿他的母亲一路走好！

思绪混乱，让我的心情也很差。四十多岁的年龄，正是人生的黄金时期，事业有成，家境殷实，本该享受生活的时候，是什么原因让这位母亲突然离世呢？

脑海里翻腾出无数个画面，什么疾病能如此迅速夺走一个壮年人的生命？心梗，脑梗或者脑出血？这些被称为中老年杀手的疾病，是最危险、最迅速要命的疾病。

我给小宝发了一个信息：啥病这么急？

儿子回复：心梗。

证实了我的猜测，内心因此无比沉重。人生没有如果，生命不会重来，愿这位母亲来世安好。

再也无法入睡。

我轻轻走到阳台上，望着窗外无垠的夜空，感受着秋夜的阵阵寒凉抑或燥热，想世事无常，人生如梦，意外或者好运哪个先来哪个后到。就如这个秋夜，有人哭有人笑，有人安睡有人无眠，有人出行有人归来，有人把欣喜藏进黑夜，有人把忧伤带往黎明……天际有风吹来，夜色更加苍茫，月亮悄悄从云朵里探出头来，又羞涩地躲进黑暗之中，恍恍惚惚，我仿佛看到了月宫中那棵清冷的若隐若现的桂花树，正孤独地绽放出寂寞的花朵……

远方有多远

深夜，我再次失眠。这样的时光于我已经是常态，睡与不睡仅仅是个选择而已。生物钟不允许我入睡，不如享受这寂静而又安详的时刻吧。

我光着脚坐在阳台上，仰望窗外深邃的夜空，看星光点点又闪烁，月光朦胧又梦幻，这月色与黑夜、星光与我之间，是不是遥远的距离？它们是远方吗？远方有多远呢？看得见，仿佛很近；摸不着，就是遥远。

游走在这星空之中，黑夜如此的扑朔迷离，我看到那双性感的眼睛，如这星光一样穿透黑暗，在我目光可及的地方与我对视。

你的目光如水，如透过窗户倾洒进来的月色，温和、宠溺又深情款款。

我从来没有这样心平气和过，如此的心如止水是不是辜负了这美好的月色？

你长发飘飘，你执笔狂书，你骑马而来，你跋涉千里，只为遇见那个浪漫的自己。我和你的距离是荷西与人世的距离，是沙漠与绿洲的距离。你在的地方是远方，我无法企及的远方。

有人说，三毛是浪漫的是勇敢的是才华横溢又敢爱敢恨的；而我只想问你，那么多人喜欢你的文字，那么多美丽的风景，那么多爱你和你爱的人，你怎么舍得放下？怎么那么决绝地绝尘而去？

抑郁，严重的抑郁状态也许是压垮你的最后一根稻草。

爱情是那么美好。你和荷西拥有的爱情足以让你成为别人艳羡的女子，这样的爱情，这样的沉沦，这样的飞蛾扑火，让你穿越撒哈拉沙漠，成为那个永远的传奇。

你看，世界还是那么美，夜空还是那么深邃，星光还是那么明亮，月色还是那么朦胧，这个世界并没有支离破碎，反而是云朵纯净，彩虹桥上七彩斑斓。

我读你的文字，看你静静而来，又悄然离去，在我的世界里，你驻足很久。

我的忧伤如这夏夜的微风轻轻吹拂，弥散整个夜空。

三毛说："每想你一次，天上飘落一粒沙，从此形成了撒哈拉。每想你一次，天上就掉下一滴水，于是形成了太平洋。"

也许这就是爱情的样子吧，三毛用她的率真将爱情演绎得如童话一般的美丽。

我看到了高山和大海，看到了日月和星辰，看到了你守卫爱情的样子，富足得像个地主婆。

冥冥之中，你仿佛在看着我，目光如水，如这月色一样，荡漾着幸福的味道。

你从远方来，如风一样吹过，我看到了大地的颜色，也看到了路旁的莠草羞涩的模样。

时空虚无，一切都是不真实的样子。你看到我光鲜的世界，看不到我奋斗的辛苦；你眼里的花朵曾经有过莠草的挣扎。在这个世界的尽头，我将奔赴远方。

“夜已深，还有什么人，能让你醒着细数伤痕？”这句歌词突然冒了出来。有吗？我问自己。

也许有过，但已成过去。

往事随风都已经淡淡飘去。我想起了风花雪月，也记起了古刹庙宇。一切的一切都成了烟云。

我只想对自己微笑，对着这无垠的夜空轻轻叹息。

时光于我而言，已经无关紧要。我用我的坚强阻挡一切，在我努力修炼的时候，我感觉我是大树。风雨欲来，电闪雷鸣而已，我仍然是我。就如眼前的黑夜，无垠，空旷，深邃，高远……

我向往的远方，是草原吗？是青山绿水吗？是平原沟壑吗？还是宇宙与神话？无垠的空洞、广袤的星河，都不及心与心之间的距离。

这个距离才是真正的远方吧！

世界的尽头是你消失的地方，我轻轻吟诵你的一首诗《远方》：

常常我跟自己说
到底远方是什么东西
然后我听见我自己回答
说远方是你这一生现在
最渴望的东西就是自由
很远很远的
一种像空气一样的自由

在那个时候开始我发觉
我一点一点脱去了
束缚我生命的
一切不需要的东西

在那个时候
海角天涯
只要我心里想到我就可以去
我的自由终于
在这个时候来到了
远方有多远
请你请你告诉我
到天涯到海角
算不算远
问一问你的心
只要它答应
没有地方
是到不了的
那么远

吟诵之后，慢慢回味，对于远方和过去有了另一种释然。

既然不能入睡，那就继续回味这首诗，在深夜里与你隔空对话吧。

让我追寻你的足迹，奔向你在的地方，那个地方就是远方。

第六辑

在人间

樽前不用翠眉颦

人生如逆旅

我亦是行人

历尽沧桑之后，我重读鲁迅

认识鲁迅的时候，是在中学时代的课本上，那时候，大家对于先生的认知仅仅局限于文字，甚而因文风的犀利而感觉他很严厉。

也正是在那个时候，我读到了先生的《狂人日记》，这是先生创作的第一个短篇白话日记体小说，它是先生经历了沉默与思考的第一声呐喊，也是我们中国第一部现代白话文小说。那本写满“吃人”的日记，真实记录了封建制度下，在满口仁义道德的虚假面具里，是吃人的本质。随后，先生又写了一篇讨伐封建科举制度的战斗檄文——《孔乙己》，一个迂腐而穷困潦倒的封建文人活生生地站在面前。当时只感觉他可笑而又可怜，满口的之乎者也、仁义道德，却又辩解“窃书不能算偷”。一袭破旧的长衫，极力维护着一个没落的封建士子的尊严；一碟茴香豆是下酒的标配，难掩迂腐文人的穷酸，却也隐含着读书人骨子里生长的面子。被封建科举制度摧残的文人形象深深地镌刻在人们的心上。让人感觉愤懑、压抑、无奈而又心酸。长期以来，知识分子的孔乙己形象挥之不去，总觉得知识分子就是孔乙己的化身。

那时候以为，先生常常呐喊，常常讨伐，他是犀利而好斗的。

先生的文章常常是愤怒的，也常常是骂人的。对病态的中国狠狠批判，对某些中国人的卑劣、自私、狭隘以及愚昧毫不留情地揭露和抨击。先生的语言也是“忍看朋辈成新鬼，怒向刀丛觅小诗”，或者“我向来是不惮以最坏的恶意来推断中国人的”，并宣称要不遗余力地痛打落水狗。这让年幼的我们，从字里行间里感受到先生的“阴冷”与“凉薄”。

后来渐渐长大，到青年时代再读先生，开始品味到他文字里的热忱与悲悯。

读先生《友邦惊诧论》，学生们因为无法忍耐日军侵扰而请愿，造成了一些混乱，国民党政府却通电全国各地指责学生，说：“友邦人士，莫名惊诧，长此以往，国将不国！”先生因此写下此文，痛骂“友邦人士”是些什么东西？既骂国民政府无能，又让所谓的“友邦人士”胆寒心惊。

他写的《故乡》《一件小事》，让底层民众闯入了我们的视野。那些麻木、愚昧或者纯朴的品质，成就了底层民众鲜活的形象，文字里跳跃着先生“哀其不幸”的悲悯情怀，又展示了他对劳苦大众的宽厚仁慈之心。

中年之后，再读鲁迅，又有不同寻常的感受。尤其是先生对待女人的态度，让我忽而欢喜忽而心疼，忽而掩卷沉思忽而浮想联翩。

先生是极爱他的母亲的。他认为“母亲是从苦难中过来的”，所以对母亲极为恭敬和孝顺。在北京买下一所四合院，极尽可能让母亲丰衣足食。除了在生活上对母亲无微不至地关怀以外，无论工作再忙，吃过晚饭，都要陪母亲聊会儿天，给母亲心灵上的慰藉，欢喜着母亲的欢喜，给母亲有尊严的爱。还根据母亲的喜好，买来带有插图的小说，让母亲阅读。其细致周到，让女人也为之汗颜，这一点，让我对先生更心生敬畏。当今的许多成功人士有好多人能做到让自己的母亲衣食无虞，但是又有多少人能想到给父母足够的尊严呢？有谁会想到父母精神层面的需求并尽力满足呢？有的人是做足了表面文章，背地里却对父母的冷暖视而不见，对父母的需求充耳不闻。有一篇文章《如果没什么事，我先走了》，还有一篇《孩子，你的孝心就值一块钱》看哭了多少人。有一个人请了七天假回去看望病重的老父亲，眼看七天假期结束了，父亲还没死，就当面指责："我就七天假，你还不死？"结果父亲气急攻心，当场气绝。父母年老的哀痛，谁会去真正地感同身受？父母年老的尊严，谁会去真正地关心？鲁迅先生早在多少年前就给我们做了榜样。

但是，先生在婚姻上对母亲的言听计从，成全了母亲的心愿，却害了自己也害了朱安。明明不爱，明明心底里万分厌恶，却接受了和朱安的婚姻。这一点，曾有一段时间，我都感觉先生是愚孝的。他很清楚，他永远也说服不了自己接受朱安，他永远也说服不了自己去爱这个他不爱的人，所以他消极对待，积极抵抗。很长时间以来，他都把自己默守成一个仙人球，肉身苦涩，缩成一团，浑身长刺，直击人生。即便朱安对他再好，他每天也把自己包裹起来。我曾想，先生那么犀利，那么幽默，难道就不能有更好的方法处理他和朱安的关系？朱安对他那么关怀备至，一日三餐，饮食起居周到细致，先生难道不会因怜悯而委曲求全一次？但是没有。多少次先生想离婚，但是又担心朱安会因为离婚而名声受损，在当时的社会环境里陷于死地，于是改为拒朱安于千里之外，让朱安忍受着他无时无刻带来的冷暴力。朱安的一生是悲剧的一生，悲哀的一生，错就错在她遇见了先生的母亲，遇见了她宁愿死也不会撒手的先生。后来我认真地想，对于先生，他牺牲了朱安的幸福，自己何尝不是牺牲了一世来陪她呢？他顺从了母亲，却抵制了封建的包办婚姻和旧习。所以后来仔细想想，又觉得先生是伟大的。尤其是先生遇见了许广平，他满腔的爱终于得以释放。我忘不了他第一次去上课的情景，开口说“我就是传说中的鲁迅”。仅这一句话，便让许广平对眼前的这个男人如痴如醉，爱意迅速向四周弥漫。然后经过一年的书信往来，俩人坠入爱河，成就了一段爱情佳话，鲁迅先生的人生底色从此多了温暖和温馨。

为了解先生的足迹，也感受先生的情怀，在春季一个风和日丽的中午，我来到了北京鲁迅故居。

故居位于西城区阜成门内口西三条二十一号，是一座三开间的小四合院。院内有两棵丁香树，南北房各三间，东西房各一间。南房是会客室，北屋东西两间房分别是先生的母亲和朱安夫人的住室。站在朱安夫人的住室旁，我仿佛看到一个小脚老太太孤独而凄凉的一生。先生一生都在反对封建礼教，却无法逃脱朱安至死不渝追随的脚步。这个目不识丁的小脚老太太在先生去世以后，说了一句颇有哲理而又悲凉无比的话：“我也是鲁迅的遗物，你们也得保存保存我呀。”被封建礼教毒害的朱安让人感到深深的悲哀，她的隐忍与无奈、凄凉和无助，都让人同情，让人扼腕叹息。

不管先生如何抗争，他都无法改变朱安是他夫人的事实，他在生活上善待她，甚至在他去世之后，他的夫人许广平也在替他奉养朱安。由此看出，先生是善良和敦厚的。北屋当中一间向北凸出一小间，面积仅 8 平方米，是先生的卧室兼书房，陈设十分简朴。在这里，先生完成了许多战斗作品：《华盖集》《华盖集续编》《野草》三本文集和《彷徨》《朝花夕拾》《坟》中的一部分文章。

先生当年手植的丁香。经历多年风雨后，依然枝繁叶茂，快遮挡住了院子里的天空。

因为和兄弟周作人失和，他不得不离开从前的八道湾十一号——那个很大的院子，搬到这里。

这个宅院是由他亲自设计，院子里的丁香也是他亲手种下的，如今丁香树还在，先生却作古多年了。他和兄弟周作人之间的是非恩怨也留与世人评说。

想起一个谜语：鲁迅百年诞辰——打一成语。

谜底是：百年树人。

后人用博大精深的文字和智慧诠释了对先生的怀念，一定程度上也对兄弟之间的纷争做一个了断吧。

离开鲁迅故居，回到家里之后，再读《朝花夕拾》，便有更多不一样的感受。《朝花夕拾》是先生所写的唯一一部回忆性散文集。作品记述了作者童年的生活和青年时求学的历程，追忆那些难以忘怀的人和事，抒发了对往日亲友和师长的怀念之情。温暖而略带伤感的文字展示了先生丰富的内心世界，让我感受到先生的温和与善良。这样的文字在他离开北京以后，就再也没有过了。

仔细品读先生的文章，可以发现先生是犀利的，同时也是敦厚的，他批判着也热爱着，愤怒着也幽默着，嬉笑怒骂之间成就文章，将他的一支笔挥舞成“枪支”，让反动势力为之丧胆。

师　傅

很久以来，我想为师傅写点什么，却不知道从何写起。无数次，我打开电脑，望着电脑屏幕却无法敲出一个字来。不是无话可说，而是不知道用怎样的言语来表达。

古往今来，有太多尊师重教的例子，如果从这一点上来说，貌似太严肃了点，想必师傅也不愿让我在她面前正襟危坐、言行太过恭谦。事实上，师徒的成分少了一点，更多的是手足一样的情谊。

有人问我："你的师傅是男是女？"

我笑答："是个帅老头儿。"

于是，问者一脸暧昧的笑。

我不置可否，对于这样的问题我感觉太过浅薄。

既是师傅，便有了诸多的尊敬在里头，是男是女有什么关系呢？

我把这事讲给师傅听，她乐得花枝乱颤："真希望做一位男师傅，说不定还能搞出点绯闻来。"

"得了，还是安分一点吧，我可不想有什么绯闻。"此话，我无比认真。

人到中年，没有了年轻时的心浮气躁，对于生活的理解，更多的是山高海阔、云淡风轻。即便生活把你磨炼成无所不能的女汉子，你也要在属于自己的时间里轻轻柔柔地打点时光。师傅就是这样的人。

毕业于名校的她，学富五车，才华横溢。她写得一手好文章，各种趣闻典故信手拈来，许多名著经典仿佛贮藏在心。聊天的时候，天南海北、古往今来、国内国外、天文地理、政治经济、历史人文……莫不了然于胸。我常常吃惊于她的博学，她说她付出的劳动是很多人所不能比的，她是勤奋的。职场上，她驰骋纵横，她常笑言自己比男人还男人，惹得单位里那些娇滴滴的小女人小鸟依人地围在她左右，大有寻求保护的意思。她也不含糊，各种工作得心应手，所有应酬大方得体，按她自己的话说，走得正，行得端，不怕山高路又险。的确，职场如战场，哪能以性别论英雄？师傅威武，敢教男儿拜下风。

都说女汉子强势，师傅也不例外。看她工作，看她写文，看她孜孜不倦地读书，那一种强势淋漓尽致。就是这样的女子，对穿衣打扮却丝毫也不含糊，更难得的是，她居然还做得一手好菜。在她休息的时候，她把自己打扮得风情万种；系上围裙，她走进厨房，不大一会儿就能端上一桌美味的饭菜……她常常炫耀一般地请我来品尝她的手艺，酒足饭饱之后，她还不忘记调侃几句，问我，她具备不具备"暖男"的特征？"暖男"固然不错，但与师傅这样的女子相处，我感觉更轻松、更舒服。

我是个比较木讷的人，说话办事都好像比别人要慢半拍。因为这个，工作中没少遇麻烦。当我遇到困难的时候，第一时间内，我会打电话给师傅，她会批评我几句，然后指导我怎么做才能把事情做好。这让我对她产生了一些依赖，无论大事小事，我都想征求她的意见。这让师傅很着急，她冲我嚷嚷："不能或者不愿意独立处理问题，长此以往，你会退化成猪！"

我叹口气，小声说："猪就猪吧，本来我就笨。"

师傅无奈，于是，一切照旧。

时光荏苒，日月如梭。几年过去了，我仍然是我，她依然是她。我不求上进的样子，让师傅很是上火。她常常批评我没有进步，我以为"江山易改本性难移"，我悠然生活，或读书，或写文，或偶尔旅行，或与朋友小聚，或追一部电视剧，或者干脆蒙头大睡……从没有把太多的精力用于学习，也没有刻意追求什么，提高什么。此时，师傅说"贪吃贪睡，怕干活，不可教也"。说完，彼此一乐。

即便愚笨如此，我还是很认真地生活，很努力地工作。每个人都有自己的生活方式，师傅是女汉子，而我不是，我喜欢安安静静的生活，不可以吗？

有人八卦，问我与师傅何时认识，因何结缘。我答："我愿意叫师傅，她愿意答应，如此简单。"

我相信我和师傅的缘分。虽然性格不同，虽然能力有大小，但是，我们有相同的爱好，有一颗善良的心，更重要的是，她对我有姐姐一样的呵护，我对她有发自心底的崇拜。惺惺相惜，才如此师徒情深。

季节已到深秋，天气渐渐转凉，师傅早已离京奔忙。工作的关系，她总是游走于天南地北，每到一处，她会打个电话或者发个信息，或苦或甜，或喜或悲，或道路平坦或山路崎岖，或风或雨，或雾霭重重或艳阳高照，这一份心情总有人分享。虽不能常常见面，但有一份牵挂在心，如此，不是人生一大幸事吗？

岁月的印痕

朋友发来了她的照片。在高像素相机的镜头里，她脸上的暗黄色雀斑清晰可见，眼角的皱纹也如秋天荒地里的野草般疯长起来了。走到穿衣镜前，我望着那个被人们称为长得像三毛的女人，嘴角露出自嘲的笑：你又何尝不是如此呢？岁月，在每个人的脸上都刻下了深深的印迹，不论贫富，不论才华与平庸，不论高低贵贱，在时间的长河里，大家都很公平，任谁也别想逃。

于是，我用手机发一条信息给她：岁月就是杀猪刀。

是的，我把自己最真实的想法告诉她，我不想虚伪地夸她是那么年轻漂亮，皮肤是多么白嫩润滑，事实是，人到中年，我们都老了，青春不再，容颜苍老。可是，那又有什么关系呢？我们也曾经年轻过，岁月沉淀下来的不仅仅是脸上的印迹，还有阅历与智慧。我们已经或者还在奋斗着，青春是我们曾经走过的路，仅此而已。

不要拿青春来示威，这样毫无意义。我们羡慕青春，怀念青春，青春的路上，我们一样年轻漂亮，一样活力四射。走过了，也就平静了；平静了，也就看淡了；看淡了，也就安然接受现实了。努力过，奋斗过，失落过，彷徨过，哭过，也笑过，痛苦过，也幸福过，所有人生的酸甜苦辣，爱恨情仇，我们都一样不落，随青春一起走过。尝尽生活的甘苦，历尽岁月的沧桑，也许苦尽甘来，也许还有坎坷，但是，那又能怎么样呢？大江大浪都过来了，我们还有什么不能坦然面对呢？

她回复一条信息给我：是的。

能够坦然接受现在的自己，她和我一样勇敢。

“青春留不住，白发自然生。”总以为自己还没长大，不愿承认自己已不再年轻，忽然有一天发现镜子里的自己已经有了白发，脸上的皮肤也失去了青春的光泽，才知道自己正一天天老去，早过了“为赋新词强说愁”的年龄。在强大的自然规律面前，任何人都不得不举手投降。朋友是个本真的人，她不施粉黛，素面朝天，就这么真实地让摄像机拍下来，再发送给我。我被这份纯真所感动，这种不加修饰的质朴不是任何人都能做到的。我想告诉她的是：无论到哪一年，在我眼里，你都很美。这种美无关容貌，无关青春，是一种质朴的美、纯粹的美。

有人说我长得像三毛。我知道，也许是长相有相似之处，但我和三毛是截然不同的两种人。在照片上，三毛直面镜头，面色苍白，不带一丝笑容，她的美一半在文字，一半在于她独特的生活方式，她满足了人们对浪漫的所有幻想，从撒哈拉沙漠的生活，到她与水手荷西的爱情。说起三毛，首先是她优美的文字，再者就是她浪漫的生活、唯美的爱情，对于我来说，三毛就是一个天堂遥不可及的梦想，是我的女神。我不过是低到尘埃里的一个普通女子，不浪漫，不潇洒，不敢一个人上路旅行，没有穿越撒哈拉沙漠的勇气，不会唱歌，不会跳舞，甚至不敢在众人面前高声讲话，我过着平淡的日子，守着我的爱人和孩子，算计着一日三餐、柴米油盐……我也写文，所有的文字都是为生活而写，为生存而写，每一篇文字都是我内心的真实感受，忠实地记录着我的悲喜。我是一个俗人，没有三毛的浪漫与高雅，三毛的美不可复制。

做不了三毛，我只是我自己。

我认真地做我自己，做自己该做的事，爱所有爱我和我爱的人。我只想守住平淡的爱情，过随遇而安的生活。时光如水流去，年华匆匆又匆匆，哪怕脸上刻不下太多的印迹，我携手岁月一起老去又如何？

房东大嫂

二十年前，我刚参加工作的时候，租住在单位附近的一处民宅里，同院居住的还有房东大嫂一家人。

大嫂三十四五岁，一米七左右的身高，消瘦、单薄、皮肤暗黄，是个沉默少言的女人。

她没有上班，在家带带孩子，收收房租，看起来优哉游哉。刚开始的时候，我也羡慕她日子过得轻松，不像我们上班族这么辛苦。后来才发现：她其实非常辛苦，更让人无法接受的是，丈夫对她的家暴行为。

她有三个儿子，大的十岁，最小的三岁多，她负责照顾孩子，包揽一切家务劳动，根本不可能出去工作；丈夫是一个出租车司机，承担一家人生存的压力。

大嫂永远是忙碌的。每天天不亮就起床，做好一家人的早餐，伺候三个儿子吃饭，再分别将他们送到学校，回到家，男人已经吃完早饭出去跑车了，她收拾碗筷打扫卫生，然后出去买菜，回来做一家人的午饭，做好饭，儿子们也到了放学的时间，再把他们接回来，吃完饭送到学校，下午放学接回来，然后做晚饭，伺候几个儿子吃饭，她再收拾残局。每天如此，像高速旋转的陀螺，没有歇息的时间。

我看到的房东大嫂永远忙忙碌碌，没有时间多说话。男孩子调皮，大嫂生气时总是用最直接有效的方法管教，打骂孩子的时候，她像一头暴怒的狮子，把儿子们打得鬼哭狼嚎……打骂儿子，不能让丈夫发现，否则这个平时笑眯眯的男人会马上变脸，上去就对她一顿胖揍，简直是惊心动魄，看得人目瞪口呆。

有一次，男人突然从外面回来了。出车时间，不知道什么事返家，看到大嫂很凶地打骂儿子，他二话不说，一个飞脚踹过去把大嫂踹倒在地，然后一阵拳打脚踢……因为是周末，我拿一本书坐在门前晒太阳，被这一幕吓到心惊肉跳。没等我反应过来，他们已经到自己房间里去打了。站在院子里，我清楚地听到屋内噗噗通通的打架声。说是打架，其实是男人施暴，大嫂根本不会还手，怎么打也不会动。打了很大一会儿，男人出来走到院子里，坐在小凳子上抽烟，大嫂不哭也不闹，我以为她在屋内伤心呢。没过多久，大嫂若无其事地从屋里走出来，来到男人面前，柔声细语地问道："中午想吃啥饭？我去做。""饺子。"男人的回答非常简洁。

大嫂推了自行车就出去买肉，然后剁馅，和面包饺子。很快，院子里弥漫着大肉饺子的香味……

男人爱吃饺子，每次打骂过后，她必定像奖励他一样给他包饺子。我不明白她为什么这么做。

一天夜里，不知道什么事大嫂惹恼男人。这男人下手很重，打得大嫂鼻青脸肿。中午，我发现她的双眼肿得睁不开了，眼角还有没擦掉的血迹。由于这次打得太厉害，惊动了女方家人。女人的姑妈住在附近，听说侄女又被狠打，老太太怒气冲冲登门问罪。结果，老太太还没开口，大嫂说："他要养活一家老小，每天太辛苦，他想打就打两下吧，也没打疼，你们谁也别管闲事。”气得老太太摔门而去，到死也没有再登门。

日子如常。大嫂每天仍旧忙忙碌碌。每个月总是有一两次挨打。打完之后，她更是沉默，默默做家务，默默走进走出……每天早上送孩子上学回来，她会匆匆忙忙洗几个孩子头天晚上换下来的衣服。她洗衣服很省事，一堆衣服放在一个硕大的盆子里，倒入洗衣粉揉搓，然后拧出来晾在院子里，从来不会用清水洗第二遍。见我看她，她有点不好意思地说：“破小子穿不干净，就这样去去灰算了。”

以后，我再也没有看过她洗衣服。她确实很忙很累，为了避免尴尬，她洗衣服的时候，我尽量在房间不出来。

院子很大，大嫂在院里绑了很多晾衣绳。我的房门口也有晾衣绳，晒被子、晾衣服都很方便。大嫂洗了衣服，再晾被子的时候，他们房门前的晾衣绳就不够用了。有一次，她洗了衣服，就把被子收了放屋里去了。我说：“大嫂，刚晒上的被子干吗收回去？我房门前不是有绳吗？你可以晒这边。”

她有点不好意思地笑笑：“我家一群破小子，衣服、被子都脏得不成样子，你那么干净，把绳弄脏了，你咋晒被子？”

我连忙说：“没事啊，大嫂，只管晒。”

无论怎么说，她坚持只用她门前的绳，从来没有“越界”过。

有一次，她正在院里洗衣服，男人回来又要动手。

我飞奔过去，挡在她前面，一句话不说，就那么看着他。他突然笑了，然后回了房间。

大嫂眼圈红了，低下了头，我清楚地看到她的眼泪一滴滴落下来……

后来，男人再也没有在院里动过手。每次打大嫂，都是回到自己房间关门打，她照例不哭不闹，打完出来就进厨房，给他包他最爱吃的饺子。

一年以后，我买了房离开了那里，再也没有回去过。

二十年过去了，不知道大嫂如今过得好不好。

再见，少女卡伊娃

“少女卡伊娃”和我有过一面之缘，之所以对她印象深刻，不仅仅是因为她给予我的“惊艳”，更是因为她可爱萌萌的模样。

在一个冬日的中午，地点是地铁 9 号线。当时不是人流高峰期，人不是太多，很难得的有不少空位。我坐在座位上忍受着胃部翻江倒海般的难受，工作的事情让人烦恼不已，加之车厢内暖气开得过高，更让人心绪躁乱。我把羽绒服脱下来抱在怀里，还是感觉闷热难忍、呼吸不畅……列车继续前进，到了某一站，一位年逾七十的老太太在我身旁的空座位上坐下来，她体态较胖，穿得也比较厚，我往另一边靠了靠多腾出一点空间，想让老人坐得更舒服些。老人坐下来之后，开始玩起了手机，当时我也没在意，探究别人玩什么是不太文明的行为，加之自己心情不好、身体也不舒服，就抱着自己的羽绒服闭上眼睛休息。旁边的老太太不知道在玩什么，居然“呵呵呵”地乐出了声。我不由睁开眼睛朝老人看去，发现的一幕让我大吃一惊：她拿着大屏幕的手机，居然在刷朋友圈！天哪，这老太太这么潮！她的手机屏幕很大，字体也非常大，再仔细看，她的网名叫“少女卡伊娃”！是的，没错，“少女卡伊娃”！

老人玩得全神贯注，丝毫没有注意到有人在看她，一个人玩得不亦乐乎。她的头垂得很低，一只手不时扶一扶架在鼻梁上的老花镜，一只手拿着宽大的智能手机很专注地看着，一张饱经风霜的脸乐成了一朵花儿。

我被她的快乐感染了，脸上不由自主地露出微笑，好像不那么难受也不那么闷热了。瞧瞧这老太太，多么乐观！多么阳光！

以她的年龄，怎么可能会没经历过风雨？人生的道路上也不可能一帆风顺，岁月夺走了她的青春，在她的脸上刻下了深深的印痕，风烛残年人已老矣，她仍然这么潮这么与时俱进，和年轻人一样玩手机、刷朋友圈，更萌的是，她的名字叫“少女卡伊娃”！

我不由得暗叫“惭愧”。工作中遇到些许困难就产生畏难情绪，生活中遇到些许不开心就觉得无法承受，每天心事重重，垂头丧气，没有一点朝气。和老太太相比，自己真是相差太远太远。认真想来，工作中的困难算得了什么？只要努力，总能解决，被些许的困难所吓倒，难道自己还不如一个年逾七十的老人？想到此，盘旋在心头多日的阴云一扫而光，内心重新注入了快乐。

到了站点，没有打扰那位聚精会神刷朋友圈的老人，我穿上羽绒服愉快地走出地铁车厢，随着轻轻合闭车门的声音，列车继续奔向前方。

望着远去的列车，我轻轻挥手：感谢“少女卡伊娃”给予我的好心情，祝福可爱的“少女卡伊娃”身体健康，活它个“今年二十，明年十八”！

再见，“少女卡伊娃”！

不期而遇

春节假期的一天中午，阳光正好，风和日丽，仿佛冬日已经远去，春天已经到来。我一个人悠然走在小城的街上，看南来北往穿梭奔流的人群，感受浓浓的过年的气氛，厚重的年味儿伴随着暖暖的世俗烟火，让人内心不由自主地感觉愉悦。

忽然，我眼前迎来一束目光。这束光好像夏夜里一只萤火虫的光亮，虽然微弱，却依然能穿透黑夜，落在我的身上。我以为是错觉，遂把目光看向别处。但我能感觉到这束光仍固执地在我身上逡巡，让我感觉心头发毛，想转身逃到路边一个商店里去。这时，一个声音叫住了我："老三。"我回过头，看见一个中年农妇在向我快步走来。我这才知道，原来是她的目光一直在盯着我看。我疑惑地站在那里，确定她是在叫我。因为我在家排行老三，家人和幼时的伙伴常常会这么喊我。她紧走几步到我跟前："老三，你不认得我了？我是秀娥！"秀娥？我当然认识，中学时代的同学，也是很好的朋友。但那时她高挑秀美，皮肤白净，无论如何也无法和眼前苍老的农妇联系在一起。我开始认认真真地看她，眉眼间依稀看到那么一丁点儿当年的影子。我上前一步抓住她的手，激动得说不出话来。看看天色已近中午，差不多到了吃午饭的时间了，我不由分说地拉她走进附近的一家小餐馆，点菜上饭，请她吃个饭，再就是有一个困扰我多年的问题想问她：当年，她为什么放弃了继续读书的机会而选择了结婚生子？

那年，我们一起参加高考，她是拿到了录取通知书的，只不过是定向委培生。定向委培生毕业之后回原籍，由当地政府安排工作，薪水待遇，福利分房等等和别的毕业生一样，唯一不同的是不同学校不同专业要交两千元到五千元不等的委培费用。80 年代末 90 年代初，高校还没有扩招，对于农村学子来说，能考上定向委培生也一样是改变命运的机会。记得当时秀娥拿到定向委培录取通知书时，情绪低落地站在一旁发呆。我走过去安慰她："不过是多花点钱而已，国家一样分配工作，你别不开心了。"她有些落寞地勉强向我笑笑，什么也没有说。

后来，同学们都分别到各自的学校报到。秀娥没有去学校。据说，她父母不愿意拿出这么一笔巨款让她读书，她屈从了父母的安排，在家务农了。

我的心疼痛不已。为了这么几千块钱，她放弃了自己的前程，为什么不和父母讲道理？为什么不抗争？多年来，这些问题像针一样扎在我心上，每每想起来，就感觉心生疼生疼。

我和她面对面坐在小餐馆里，面对着一桌饭菜谁也没有动筷子。我抛出的这个问题确实非常沉重，她的脸上不再有笑容，大颗大颗的泪水顺着脸颊流下来。稍稍平复一下情绪，她开始缓缓讲起了当年——她拿着通知书回家，当父母得知需要花四千多块委培费的时候，毫不犹豫地一致反对她继续读书。她爹说："这么多钱，够买一辆手扶拖拉机了，白白交给学校，还不如去买一辆拖拉机。"第二天，她爹果真去县城买了一辆崭新的手扶拖拉机，在村里"突突突"转了几大圈，威风得不得了。

她开始绝食抗争，希望父母能改变初衷，让她去学校报到。

结果，她不吃不喝躺在床上三天也没人理她，到了第四天，她娘站在床头骂她："想死你去死，不能因为你一个人让家里变成穷光蛋，让你弟弟娶不上媳妇。供你读到中学，也对得起你了，死就死吧，家里也少点负担。"她这才明白，父母重男轻女的思想根深蒂固，对于父母来说，女孩子毕竟是外人，是没有用处的。所以，她放弃了抗争，从床上爬起来，默默吃饭，扛上锄头下地干活。后来，有人提亲，父母做主，把她嫁给了邻村一个老实巴交的农民。那男孩没有文化，但种地是一把好手，父母也是勤扒苦做的农民，家里不愁吃喝，在村里也算是家境殷实……说到这里，她抬起头，脸上又露出了笑容，她说她有一双儿女，女儿是老大，她供养女儿读了大学，现在女儿在省城结婚生子。"她终于不再走我的路。"说到女儿她满脸自豪。我由衷替她高兴，她的梦想终于有人代她实现，她未来的路终于有人替她走下去。

她说她现在过得很好，她养牛养羊养猪种地，靠一双手把一双儿女养大，把他们都送到了城里；她的公婆、父母都是她在赡养，她的弟弟条件不好，没能力管父母，她不靠弟弟，以一己之力奉养父母双亲。我问她："当初父母不让你读书，他们可否有过后悔？"她苦笑："他们不后悔，他们认为买了手扶拖拉机，为弟弟娶了媳妇，为家里传宗接代是大事，他们甚至庆幸当初把我留在了身边，不然，现在谁为他们养老？""毕竟是父母，不提了。"她轻轻叹息。

她低下头默默吃饭，我看着她，不由得落泪。

岁月把一个秀美的女孩变得如此粗糙，生活把一个弱小的女子生生磨炼成"女汉子"。明明可以有不错的前程，却受尽辛苦去拼搏；明明可以顺理成章地美下去，却用尽一生去奋斗。对于那些重男轻女的家庭来说，女孩生来就是为了还债：数不清的重负，还不完的亲情债。好在，秀娥她够坚强，上帝为她关上了一道门，同时为她打开了一扇窗，她用自己勤劳的双手创造了美好的生活，也为儿女打下了一方新天地！

吃过饭之后，我们互相留下联系方式，然后走出餐馆挥手告别，我看着她走远，直到她消失在路的尽头。

转过身去，我和她相背而行，渐行渐远……

小样儿

张小样出生在20世纪80年代初期，那时候还没有网络热词之说，张小样就是张小样，没有人叫他“小样儿”。他结婚，生子，过着老婆孩子热炕头的舒服日子。突然有一天，他的名字一下子成了网红名字，村里人开始叫他“小样儿”。

第一个叫他“小样儿”的是村东头的二愣。当时，二愣见了张小样，就那么眯起眼睛，撇着嘴，有点轻蔑地说出三个字“小样儿”。张小样很不习惯，心里有点不舒服。但他仔细想想，人家二愣叫的是“小样儿”，字的写法一样，发音也正确，只是语气有那么些不同，总不能管住人家的语气吧？如此想来，张小样释然了。“小样儿”就这么被叫起来了。

张小样有个哥哥叫张大样。大样高中毕业，在村里也算是知识分子了。他认为别人叫弟弟小样儿有不尊重人的成分。所以，无论谁叫“小样儿”，只要张大样听到，必须给怼回去。有一次二愣又眯起眼睛撇着嘴，叫“小样儿”，张大样立马骂人：“你才小样儿呢！”二愣不服，两个人开撕，直接动起了拳脚。二愣把大样摁在地上，轻蔑地说：“小样儿的哥哥还是小样儿！跟我打，呸！”

大样以为小样会帮自己打二愣，弟兄二人一下子把他打服，看他以后还敢这么叫？谁知张小样上前拉住大样说："二愣是闹着玩的，你犯不上较真儿，快点回家吧。"

这张小样居然胳膊肘往外拐！张大样气急败坏，冲张小样嚷嚷一番，跺跺脚转身回家了。从那以后，村里大人小孩都开始"小样儿，小样儿"地称呼张小样。张小样也不气恼，笑眯眯答应，根本不放在心上。张大样看到弟弟的怂样，气不打一处来，干脆眼不见为净，带着老婆孩子进城打工去了。

张小样在家承包了村里的鱼塘，又在鱼塘附近办起了养鸡场，专心致志搞起生产来。小样父母六十多岁的年龄，身体硬朗，见小样两口子忙碌得脚不沾地，便主动承包了家务，并帮忙带孙子。一家人虽然辛苦，倒也其乐融融，生活算得上幸福美满。

有一天，小样的妈妈生了病，见儿子媳妇忙得不可开交，老人不忍心添乱，老头自己开上家里的摩托三轮载着老伴，偷偷去了县城医院。中午，小样夫妻回到家没找到父母，以为老两口去串门了，也没太在意。到天黑回家，仍然没有见到父母。小样急了，问了邻居，才知道老父亲开三轮摩托带妈妈去医院了。小样心里暗叫不好，急匆匆开上车出去找父母，路上没碰见，到医院也没找到。小样无比心慌，赶紧打电话请村里乡亲帮忙一起寻找。众人沿途找遍了，最后在一个山沟里找到了昏死过去的小样父母。众人七手八脚连忙抬起，送往医院……

经过抢救，小样父母苏醒过来了。但两位老人伤情严重，随时都会有生命危险。小样忍不住大哭，打电话给大样让他回来。大样来到医院之后，把小样两口子一顿训斥，说他们虐待老人，导致老人重伤。他撂下狠话说，小样夫妻应该担负全部责任，他要挣钱养家糊口，顾不上在家照顾病人。说完，连父母的病情都没有问，大样就离开医院回城了。

小样想不到大样如此绝情，他顾不上伤心生气，赶快多方筹集资金全力医治父母。他转包了鱼塘，变卖了养鸡场，把所有钱都花在了医院里。两个月以后，父母病情总算稳定下来了，但两位老人都瘫痪在床，生活无法自理。医生建议他们回家休养。小样夫妻接回父母，对父母百般照顾，很是细心体贴，村里人提起来，无不向他们夫妻竖起大拇指。

一年以后，小样父亲没能熬过来，还是去世了。小样通知了大样，大样一个人回到村里，看到小样家一贫如洗，日子过得艰难，又看到瘫痪在床的老母亲，大样找来村支书，说要和小样分家。家里穷成了这样，村支书问大样这家还有啥可分的？

大样说："小样伺候了父母，家里老屋归小样，父母的所有财产都归小样，他啥也不要，只是母亲养老也得是小样管到底。本来父母摔伤是因为小样不孝，责任全在小样，我就不追究对错了，于情于理，小样都应该为母亲养老送终。"

大样扔下这些话就走了。

父亲尸骨未寒，大样就把母亲推了个干净。老母亲在床上听到大样的话，一直不停地流眼泪。

小样说："一切听大哥的，老母亲我来养老送终。"

村支书气得说不上话来。小样两口子花光了积蓄，原本的小康之家现在穷得叮当响，大样不管不问，现在又不管老母亲，真是丧尽天良。

但小样对哥哥的提议没有异议，村支书也不好多说什么。既然小样发话了，村支书索性找来纸笔，让大样立下字据，放弃父母所有财产。大样毫不犹豫签了字，心说："家里这间老屋值几个屁钱？要了也是累。"

见大样签了字，村支书把字据交给小样，让他收好。然后告诉大样，他可以滚了。乡亲们开始骂大样狼心狗肺……大样在众人的骂声中灰溜溜地走了。

一年以后，小样母亲在小样夫妻的悉心照料下，竟然奇迹般地康复了。老太太是个闲不住的人，又主动承担了家务，让儿子媳妇出去干活挣钱，家里的日子一天天好起来。

一天，村支书笑眯眯地找上门，告诉小样母亲，村里成了旅游开发区，她家的土地被征收了。按照国家政策，能得几十万赔偿款。

征地款拿到之后，老太太把钱全部交给儿子媳妇，小样靠这笔钱在开发区搞起了经营，日子重新过得红红火火。

大样听说老家成了旅游开发区，就带着老婆孩子又回到了村里。大样找到母亲，想要一部分补偿款。小样拿出了大样签的字据，大样无话可说，只得离开小样家。但这梁子是和小样结下了。

从此，大样在村里逢人就说父母偏心，把财产都给了小样，说小样独吞父母财产，最是不地道……

见了小样，大样也和二愣一样眯起眼睛，撇着嘴，轻蔑地说："小样儿。"和二愣不同的是，大样在前面加了一个"呸"字。

无论在哪儿看到小样，大样总是："呸！小样儿！"

酒

北京降温了，天气寒凉，只需一杯酒就可以让这个秋天温暖起来，直到冬季来临。

在寒冷的冬季，如果温一壶酒，再有一个火炉，那简直就是神仙一样的日子。让你欢乐，让你哀愁，让你笑或者让你哭；让你体味人间冷暖，让你感受世态炎凉。酒，最理解你的艰辛或者豪迈，最感知你的悲欢或者情仇。只要你举起酒杯，爱与恨都能饮下，苦与乐都在杯中。一杯酒能谈尽今生今世，一杯酒能饮下无尽的乡愁。对于酒，我没有特别的嗜好。但源远流长的酒文化，还是扎根于内心深处，成为偶尔可以表达情感的一种方式。前些年，我和两个姐姐没事的时候就会约酒，几个小菜，加上水果和茶水，足以让这顿酒喝得欢快。我比两位姐姐年轻，常常一个人自觉主动地多喝一些，边喝边聊天，天南地北、风土人情、家乡故友、吃喝玩乐，以及梳妆打扮、柴米油盐等等包罗万象，无不拿出来讨论一番，或感叹或愤慨或庆幸或快乐，常常是欢声笑语热闹非常。后来，两个姐姐先后戒酒，只剩下我一个人喝酒。没有了酒友，聚会相对减少了很多，让我的心里有些许的怅然。

酒大伤身和气大伤心一样，成为中年人健康路上不可逾越的鸿沟。和健康相比，酒又算得了什么呢？她们的健康最重要，戒就戒了吧。

想起小时候，家里每每来了客人，都是让最小的弟弟陪客吃饭。小弟弟小时候长得白白胖胖，聪明活泼，乖巧伶俐，和人说话总是乐得眼睛眯成一条缝，谁看到谁喜欢。客人看到他自然也是欢喜，无论多少人吃饭喝酒，总是让他上桌作陪，敬酒递烟，猜枚划拳，他什么都会，给大家带来无限的欢乐，也让那顿饭吃得尽兴。小时候会喝酒，长大以后，他却是滴酒不沾，也基本不抽烟，成了一个自律的人。大弟弟倒是喝酒，但人家是大老板，现在讲究养生，为了身体健康，他居然也戒掉了烟酒，不能说不是个狠人，烟酒居然能戒掉，真是服了他了。“高处不胜寒”呀！纵观家里众多兄弟姐妹，我竟然没有了“酒友”，让我倍感失落。双节的时候，侄子刘璞给我打电话，要来家里给我送月饼，我准备在家里招待他，和他一起喝一杯。他酒量很好，看他喝酒是一种快乐，一大杯酒不费吹灰之力喝下去什么事没有，就好像我们喝一杯白开水一样。这样的“酒友”才有乐趣，现在他来家里了，正好一起聊天，切磋切磋酒艺。不一会儿，侄子和司机小何一起来到了家里，聊会儿天以后，大姐的电话打过来，让去她家吃饭喝酒。想想人多吃饭热闹，我们便开车到了大姐家里。大姐家附近有一家馆子不错，她带我们一起去了那家饭店。菜很快上齐，侄子也打开了酒，满上。老规矩，我俩一瓶白酒，喝完吃饭。我喜欢年轻人喝酒的态度，干脆利落，不拖泥带水。我的酒喝下去也很利索，是不是因为我还没有老？

一起喝酒喝的是心情，如果酒喝不到一起去，那聊天也聊不到一起去吧？我和孩子们能开心聊天，也可以一起喝酒，喝酒的孩子还有大外甥，与年轻人一起喝酒，那是真的快乐。他们喝酒绝对不会偷奸耍滑，轻轻松松地酒就下了肚，满面春风地谈论天下事，不喝酒的家人可以在一边观酒或者监督不能过量。总之，有那么多的快乐可以回味。

娟子是我的好友，每次回老家我和她总是要小酌几杯。她是个性格开朗、善良、内心细腻的女子，多年好友如亲人一样。我们两个酒逢知己，边喝酒边叙旧，喝起酒来如男人一般豪爽，总能尽兴而归。前段时间她身体有了一点问题，遵医所嘱，不得不戒了酒。再在一起喝酒的时候，往往是她为了姐们感情要喝，我伸手拦住不让她喝，结果她的酒被我强行抢了过来喝了个精光。以后再聚，也只能是只吃饭不喝酒了。眼看周围的酒友一个个都封了酒杯，这酒再喝也就没有了滋味。我在考虑，是不是我也该戒酒了呢？冬天即将到来，在这个寒冷的冬天里，不喝酒也罢，靠写酒来取暖吧。

春风十里

一

侄子刘璞约我去钓鱼，当时我心情正好，就答应和他一起去河边溜达溜达。说走就走，我上了他的皮卡车，一起往河边开去。

到了那条不知名的小河边，车子停下来，侄子一样样往下搬运东西，钓竿、渔网、鱼饵、大遮阳伞以及小板凳，全套设备看起来很专业的样子。

设备各就各位，鱼饵上钩，下钩入水，整套动作干脆利索，刘璞真是一个很专业的垂钓人士。他教我如何下饵，如何看浮子，甚至贴心地给我放置好小凳子，再把大伞撑好，然后，他去了另外一处地方，悠然垂钓去了。

这样也好，互不打扰，免得鱼儿受到惊吓不吃钩。

我坐在小凳子上，拿着钓竿全神贯注地盯着水面。此时，春风徐来，水面波纹微伏，一道道细小的水波下面好像有许多许多的鱼儿，又好像鱼儿躲在水纹一角偷偷观察眼前的鱼饵，又香又甜，吃与不吃是个问题。赶快吃钩呗，我心里一遍遍祈祷，然而，鱼浮还是漂在那里，没有下沉，我手里拿着的鱼竿也没有动的迹象。

这时，刘璞喊："上来。"然后，一道白光闪过，他钓上来一条白鲢，把鱼儿放进渔网，他开心地继续垂钓。

我的鱼竿还是没有动，鱼浮仍旧漂在那里，风一刮就漂一下，风不动它也不动。这让我心情急躁，垂钓真是让人费心费神。眼睛近视，本来视力不好，这么一动不动地紧盯水面，不多久就感觉老眼昏花，看什么都是白色。看来，我真的需要修炼，坐在这里长久垂钓的心理素质并不具备。于是，我把鱼竿放在架子上，站起身活动活动筋骨。河水清澈见底，岸边绿草青青，对岸时不时有人走过，不时有眼光飘过来，还有人在指指点点地说着什么。我忍不住笑了，这样的天气，女士应该踏青赏花，风花雪月，居然有我这样的人坐在河边垂钓，是不是有点另类啊？

我本来就是来玩玩的，放松放松身心，并不是真正的垂钓爱好者，但这些有什么关系呢？眼前的春光和春水，远处的蓝天和白云，偶尔走过的路人，还有岸边已经吐绿的垂柳，都让这个春天美得无边无际。

刘璞又在喊："上来！"于是，又一道白光闪过，再一条鱼收入网中。

他钓上来好几条了，而我仍然一无所获。

我重新在小凳子上坐下来，把鱼钩拉上来，鱼饵已经没了，鱼儿却没有上来。鱼儿是咬了钩的，美美地吃了鱼饵，然后逃走了，我只是眼神不好没发现而已。

没发现鱼儿吃钩，也许并不是什么坏事。我把鱼钩拉上来，有些笨拙地把鱼饵放置钩上，然后甩钩入水。

鱼浮还是不动。我近视的眼睛还是看不清鱼浮到底动没动。

其实，我之前也是钓过鱼的。

那年，我还年轻，和同样年轻的小伙伴一起去河边垂钓。

黑河是距离老家小城外不远处的一条河。

男生在河边垂钓，我们几个女生在岸边玩耍。那时候不是春天，应该是早秋，天气没那么热也没那么凉，岸上一旁有大块的玉米地，也有农民种植的蔬菜，印象最深的就是一块豇豆地。当时，豇豆已经长出来很长，挂在木架子上，一根连着一根，长势喜人。

突然，一个女生问我："这是啥？"

我看了看她，指着豇豆问："你问这个吗？"

她说："是。"

我很吃惊她居然不认得豇豆。每到夏秋两季，长长的豇豆角是每家每户餐桌上必不可少的菜肴。我们所居住的小城，每天都有推车沿街叫卖或者到小区门口叫卖豇豆的菜农，这是小城最常吃的蔬菜之一，她居然不认识。

说实话，如果不是秧架上挂满了豆角，而单单是幼小的豇豆苗，我也是认不得的。问题是豇豆挂满了秧架，她居然还不认识，这不免让人心里发笑。想笑没敢笑，我还是很认真地告诉她："这是豇豆，咱们俗语都是说豆角。"

听了之后，大家都不说话了，一时气氛有点尴尬。

这是一个小插曲，并不影响大家的心情。

那边，男生们垂钓还是收获颇丰。那时候，河水清澈，河草丰富，鱼儿多得好像自己往钩上跑，居然能一钩钓上来两条鱼。

很快，钓上来一盆鱼，都是肥肥嫩嫩的鲫鱼。于是大家满载而归，找一个馆子，一帮人喝酒吃饭，酒足饭饱之后，鱼儿也不重要了，各自谦让一番，然后有人拿鱼回家，大家各自告辞，相约下次再来。

多年过去，那时的伙伴也不常联系了，我只是想知道：当年那个可爱的女子，你现在还认得豇豆吗？

我还是没钓上来一条鱼。钓鱼是个技术活儿，往往要求你全神贯注、心无旁骛，我却是思绪乱飞、心不在焉，再加上眼神不好，注定与鱼儿无缘。

有没有鱼没关系，这样的春天，这样的阳光，这样的碧水蓝天，这样的花团锦簇，一切都是那么美妙，岁月静好。不讲工作，没有负累；不谈发展，没有压力；不写文章不读诗书，放空思想、没心没肺，这样的时光难道不是一种享受吗？

好在，刘璞钓到了鱼，晚上回家，煮一个鲜鱼汤，再做两个小菜，我们姑侄俩喝一杯岂不美哉？

二

3 月 31 日对我来说是个特殊的日子，非常值得纪念，因为我在这一天打赢了一场官司，拿到了一个证件。证件到手的那个时刻，我一个人在市政服务大厅的角落里坐了很久，心里五味杂陈，不知道该哭还是该笑。

想起一首歌，在万马奔腾的场景里，一个美丽的草原女子唱的情歌。歌词的内容记不得，或者根本不是歌曲，而是某个电影的某个场景。那个女子也许是在梦里或许是在哪个场景里。

莫名其妙地，我的眼前只有那个女子，策马扬鞭、风姿绰约又声音甜美的女子。一时间，竟然泪眼蒙眬。这场景像极了春天，也像极了爱情。

失魂落魄地走出市政服务大厅，春风拂面，感觉脸上丝丝凉意，这才发现，原来泪水已经浸湿了戴在脸上的口罩。我本柔弱，生活却让我百炼成钢，就如这场官司一样，不是被逼无奈，谁能去为别人添麻烦？这个世界，总是还有公平公正存在，也有让人说理的地方，如此，这还是一个可爱的世界，不是吗？虽然经历过严冬，但春天毕竟来了。

走出市政服务大厅右拐前行，大约五分钟的路程，就来到了常常经过的那家开放式公园。站在那里看了看，我还是转身往家走去。

从单位到家，从家到单位，只有穿越这个公园的距离。但我是路盲加没有方向感，曾经因为没有直线行走，在公园里多次迷路。所以，我步行回家穿过公园的时候，常常走直线距离，不敢改变行走路线，更不敢一个人在公园里转悠，唯恐转悠晕了，找不到回家的路。

那个秋天，我坐在公园路边的长椅上休息，看行人优哉游哉地从身边走过，也看小河两边采摘果实的人。

这个公园穿河而建，春夏两季河岸两旁各种果树花朵竞艳，到了秋季，枝头挂满果实，有桃子、杏子、海棠、山楂，甚至还有一片核桃树。

我从来没有伸手摘过一个，即便我走在河边，只需要伸一下手果实就可以到我手里，我也没有动过采摘的念头。

有时看别人采摘，我也驻足观看，看完就走，并不动手。不为什么，就是没有兴趣，仿佛一动手就会迷路似的，可能也真是这个原因，我害怕我不专心走路会迷了路，在人来人往的公园里，找不到回家的方向。

那天，园林工人开着硕大的车子采摘果实，那么大的车确实拉风，车子停在树旁，人站在车上，很容易把满树的海棠果采摘精光。

我站在那里看，忍不住笑了：好家伙，有了这个采摘神器，那些大爷大妈在树下抠抠搜搜，简直弱爆了好不好。

这公园常常走，从春走到夏，从秋走到冬，真正驻足欣赏过没有？貌似没有。

不知道慌慌张张在忙碌什么，也不知道迷迷糊糊在思考什么。我好像永远就是那个傻乎乎的人，对很多东西麻木，又对很多东西好奇，比如此刻，我想返回公园里，看看河岸两旁的果树究竟开的都是什么颜色的花。

对于花草，对于树木，对于春天的锦绣旖旎，很多时候因为没有过多的闲情逸致去欣赏，而显得好像是漠不关心。但我明明是关心的，是喜欢并热爱这个多情的世界的。正如我怀念秋天的果香，也想念秋天高远的蓝天。

走过的路，喝过的酒，发过的疯，流过的泪都随着岁月一起变长，随着脚步让自己成长。

记得那年，有一个合作伙伴得了甲减，这种病让人喜怒无常，容易生气，不容易的是作为一个外人该如何与她相处？因为那是一个重要的合作，我不能扔下工作，但也忍受不了她动辄对我吼叫，从开始时微笑面对她的无理取闹，到最后我彻底崩溃，被气哭之后还要面对她。差不多两年的时间，我忍受着她的百般指责和刁难，等合作结束，回到家之后，我一个人扑倒在沙发上大哭了半个多小时。那时候，我就想哪怕不挣钱也不再和这样的人合作。如今，多年过去了，想起她仍然心有余悸，据说她现在病情很严重，说起来她也不容易，一个人奋斗，也是吃了很多苦的，但她事业有成，奋斗的结果还是不错的。无论如何，春天已经来了，希望她一切安好，事业能够更加辉煌。

不管如何，我的对手、我的伙伴、我的朋友、我的亲人，如今已是春暖花开，请放下一切负累，享受这大好的春光吧。

三

阳台上，我养的花枝叶已经是郁郁葱葱了，特别是茶花长势正旺，不知道到了季节是不是如卖花人承诺的一样，会开出粉色的花朵？

几个花盆重新栽上了花，我的花只能陪伴我春夏秋三季，到冬天它们就死了，每年如此。

这让我如此伤心。终究我还是让我的花儿受了苦，还是做不到像那些神仙般的女子一样，在冬天也能让花儿活得好好的。

可能是因为寒冷，也可能因为是我懒惰，没有把花盆从阳台搬到客厅里去。

我没有搬它们，因为我希望它们待在阳台上，让照射进来的阳光温暖它们娇弱的身躯，但往往事与愿违，冬天刚到不久，它们就各自香消玉殒，丝毫不顾及为它们辛苦浇水的人的心情。

花朵应该开在阳台上，屋里只能放绿植，我一直这么固执地认为。

结果，寒流刚刚袭来，花儿就牺牲了生命，所谓温室里的花朵，应该就是指它们不堪寒冷一击吧？

好在，春天已经来了，阳台上的花盆里重新焕发了勃勃生机。

侄子刘璞打来电话，邀请我有时间再去钓鱼。我说：“钓鱼归钓鱼，哪天周末，你没事的时候来我家喝酒。”

没事的时候，我俩也相约喝一杯，一瓶白酒，两个人平分，边喝酒边聊天，此时，我感觉他就是我的儿子，和小宝一样，是我心头的肉。

时间过得好快，转眼间，儿子小宝到了实习阶段。他阳光、温暖、积极向上并且懂得体恤和照顾别人。在别的同学周末玩耍，假期游玩或者打游戏的时候，他都是自己去打工；当别的同学谈恋爱或者吃喝玩乐的时候，他还是去兼职打工。

说实话，不是家穷，也不是供养不起，他可以选择不去打工，我仍然有能力供他读书，他考研考博我都能负担得起。可是，儿子放弃了休息、娱乐、玩耍的时间，拿到了一个体育生可以拿得到的多种证书，健身教练、高级私人教练、高级营养师等十多种国家认可的证书，然后一些健身房开始邀请他去做教练，有的同学一个月只能挣几百块钱或者根本就没有挣钱意识的时候，他现在已经是月收入过万了。

我从来不认为读书是唯一的出路，只要他有兴趣、够努力，成才的路有千万条，未来，谁知道他会不会成为一个成功的老板呢？

他勤奋踏实肯干，是妥妥的暖男一枚，我只希望他能有担当有能力，在不久的将来，能有一个可爱的女孩和他牵手，他能给予女孩关怀和照顾，能以一己之力当那个女孩的保护伞，然后他们一起过幸福平凡的日子。如此，我就心满意足了。

春光荡漾，春风十里。打开音箱听一首喜欢的歌曲：

我在二环路的里边想着你
你在远方的山上春风十里
今天的风吹向你下了雨
我说所有的酒都不如你
我在鼓楼的夜色中
为你唱花香自来
在别处沉默相遇和期待
飞机飞过车水马龙的城市
千里之外不离开

静听秋雨敲夜窗

——关于《西客站》的站外话

我是用了差不多十二年的时间，读完了这本并不太厚的散文集。十二年，呱呱坠地的婴儿也成长为蓬勃青葱的少年，而我，一直不厌其烦地关注、跟读这一本散文集。每一篇文章诞生了，我都是最早读到的读者之一，这足以见出我的认真，以及这本文集的庄重与严肃。在文学已经严重娱乐化、标签化、消费化的时代，庄重和严肃是极其稀缺的文学资源和文学品质，它一方面彰显着作品的格调，另一方面也昭示着作者的文学态度和创作水准。袁枚说，诗境贵高洁，文笔尚性灵。（语见《随园诗话》下册卷二）我觉得这话大体上可以概括这本文集的特质。

一本好书有很多成为“好书”的标准。严肃和庄重、真实的生活感受和出众的文采，无疑是很重要的标准，就如《西客站》一样。我必须认真地说：这是一本真实性超过百分之九十的作品集。虽然散文不是纪实文学，不苛求真实性，但是“创作总根于爱”，爱恨情仇自然是亲身的经历和切己的感悟，半生阅历也不可能不对作者产生文学反应，等因奉此，作者在创作的时候，就会情不自禁地书写着真实的人生和真实的心灵，就像春染青山溪流淙淙一样自然和清澈，从这个意义上说，这本散文集也是一本以散文的风致抒写生命历程的文学传记，这也是它显得庄重、严肃，诞生得漫长、艰难的重要原因！

《西客站》共分六辑，其中《在北方》《断舍离》《在路上》《在灯下》《在人间》五辑，大体上是对“我与世界”的描写。这些文字的视角是开放的，是“我”对世界的探索、感知——用时髦的语言说这大概是信息输出，和世界对“我”的打磨、馈赠——用同样时髦的语言说就是信息输入。一个输出，一个输入，“我”和世界、主体和客体、写者和被写者之间，就形成了一个完整的信息交流环。在这个信息闭环的两条通道上，不仅有信息的输入和输出，也有营养的输送和消耗，有精神的茁壮和凋萎，也有文学性格的成熟和扬弃……大千世界，芸芸众生，横有八荒，思接千载……所有“我”能够感知到的，和“我”要对世界说的，都在这五辑里面有着充分、准确的表达，用刘勰先生的话说，就是“目既往还，心亦吐纳。”

这些吐纳之中，给我留下深刻印象且深深感动我的文字，是作者对父亲、母亲、姐姐、弟弟等家庭成员之间血脉亲情的描写，尤其是作者对于父亲的感恩敬重之情，让每一个阅尽人间冷暖的人读之动容。透过作者温暖的笔触，我看到了作者的成长经历，看到豫东平原上浑莽厚重的大雪，挂在屋檐上的明晃晃的冰溜子，杵在地上就可以直立的重装大棉裤，以及穿着这种棉裤、屁股上被尿渍洇出“地图”的一群群小孩子快乐地在雪地奔跑打闹的蓬勃图景；看到走亲戚的人们穿红着绿坐在架子车上，喜上眉梢互致问候；看到沉重的车轮缓慢地撵过厚厚的积雪，我隐约听到了积雪在车轮下发出的清脆的欢歌，听到雪后觅食的鸟雀扇动凛冽空气的呼啸声……在这些热闹的场景里，总有一个小女孩睁着明亮的眼睛，站在画面之外的某个地方静静地看着，眼前的热闹似乎与她无关。这无疑让读者联想到写呼兰河的萧红和写北京南城的林海音。

而在书的最重要的一辑《在心里》里面，作者揭示了心灵世界的所有谜底。那些童年往事，那些青春岁月，那些中年的烦恼和抑郁，那些快乐或者悲伤，那些曾经发生或正在发生的事情，都以怎样的方式给她留下怎样的温暖、遗憾、困窘、折磨、快乐……一个情感丰富细腻的女人所具有的一切大情小绪，都曾经江海翻波浪一样从她的心田漫过，有的留下了绿洲，有些留下的是桑田，有的留下的则是干涸的河床，在岁月里裸露着痛楚的疮疤……

有点儿阅历的人都明白，人生的过往只能接受，不能选择，正如作者所言《往事并不如烟》，然而，对往事的态度却能彰显人在当下的生活态度，以及对自我价值的判断，才会萌发出种种情感和思想，有了言说的冲动和表达的快感。不同的人有不同的语气和习惯，不同的情调和风致。林语堂说，上帝在创造女人的时候，撷取了花卉的美丽，禽鸟的歌声，虹霓的色彩，微风的轻吻，波浪的大笑，羔羊的温柔，狐狸的狡猾，白云的任性和骤雨的多变，而把它们创造成一个女人。我始终认为，这种说法恰好可以形容《西客站》的作者，这样的女人自然会用散文的笔法来抒写自我，因为古人说“散文随笔是才子的专利”。如果非要再说出一种优点，那就还说林语堂的论断：中国文化的最高理想人物，是一个对人生建于明慧悟性上的达观者。“明慧悟性”“达观者”，这恰好是作者明月朗照在全书中的基调。

一本好书，如果能让人臣服，那必然是有着打动人心的情节或者拨云见雾的思想。我不敢说《西客站》有多么好，多么深刻，但我目睹了它漫长的诞生过程，感受到了她严肃的创作态度和专注的写作风格。我相信辛勤不会使土地荒芜，努力不会付之东流。贾岛说：“十年磨一剑，霜刃未曾试。今日把示君，谁有不平事？”今日，作者把历经十二年打磨而成的作品示君，但愿能够带给你阅读的欣然蔚然，带给你思想飞翔的快乐和心灵震颤的回声，倘如此，则善莫大焉！

写此文时，高温久旱的北方突降暴雨，时令已入初秋，雨滴挟裹着对大地久别的思念密不透风地砸下来，敲打得窗户砰砰作响。夜未央，人酣眠，防疫封城的常态已然使人们从疲惫和烦躁中锤炼出坦然和漠然。望着窗外湿淋淋的浑莽世界——幽暗的灯和幽深的路，仿佛在观赏一幅遗落在岁月深处的画卷。《西客站》作者在书中说过的很多拨动心弦的话，此刻都像雨滴一样踊跃酣畅，蹦出来，落下去，在土地上汇流成河，奔流到海；或者落地生根，长成葳蕤的参天大树，蔚然成幽深的风景，见证着曾经和过往。

对，见证！

作者之所以坚持给自己的文集取名《西客站》，就是因为见证，为了见证！

是为后序。

孙梦秋

写于夏历壬寅年戊申月壬子日

2022 年 8 月 27 日星期六